그 것 은
하 나 의
여행이었다

이종림 쓰고 찍다

아이 하나, 고양이 둘, 육아휴직 남편과
미국 횡단 캠핑여행

페이퍼스토리

아우터뱅크스

낯선 미지의 땅에서 우리의 여행은
용기 있는 모험이었다.

두근두근 내 마음속
미지의 세계

미국을 떠나온 지 정확히 일 년이 지났다. 미국에서 고양이 둘과 네 살배기 아이, 육아휴직을 낸 남편과 함께 2년간 살다가 귀국 비행기에 올랐다. 언제까지고 지속될 것 같던 그 시간이 끝났다. 한국에 돌아와서 어느덧 익숙한 일상을 반복하고 있지만, 아직도 미국에서 찍은 사진을 보면 심장이 두근두근 뛴다. 광활한 자연 속에서 분주하게 여행 다니던 그때가 그립고 그곳이 그립다.

우리는 남편의 회사 연수로 인해 미국으로 건너갔고, 기간이 정해진 삶을 살았다. 그동안 가장 주력한 건 영어학습도 쇼핑도 아닌 여행이었다. 북에서 남으로, 동에서 서로 미국을 가로지르며 40여

개 주를 여행했다. 때로는 캠핑카로, 때로는 텐트만 들고 잘도 돌아다녔다. 미국인도 가기 힘든 미국 안의 숨어 있는 진주 같은 곳을 구석구석 쏘다니며 자연의 위대함에 새삼 놀라고, 그 아름다움에 흠뻑 빠져 보냈다.

어떻게 보면 미국에서의 삶 전체가 통째로 하나의 장기 여행과도 같았다. 미국인도 교민도 아닌 이방인임에도 불구하고, 우리는 늘 체험할 준비가 되어 있었다. 편하고 익숙한 한식당보다 동네 브루어리에 가서 사람 구경하기를 즐겼고, 아이에게 영어 한마디 가르치기보다 밤하늘에 쏟아지는 별을 보여주러 다녔다. 황무지가 끝도 없이 펼쳐진 무의미한 땅에서 새로운 의미를 발견했다.

그리고 고정된 틀에 맞춰 아등바등 사는 게 맞다고 생각했던 생각들이 무참히 깨졌다. 지호의 프리스쿨에서 만난 학부모들, 교회에서 만난 교민들, 여행지에서 만난 새로운 인연들을 통해 조금은 다르게, 저마다의 행복을 찾아 사는 모습을 엿봤다. 지방에서 서울로, 강북에서 강남으로, 더 넓은 평수의 아파트를 향해 일제히 방향을 잡고 줄 서서 '집'과 '교육'에만 올인하는 한국에서의 일반적인 삶이 이제와 꽉꽉하게 여겨지는 이유다.

우리가 미국에서 '잘' 살았다고 할 수만은 없다. 미국에 있는 동안 우리 가계는 플러스에서 마이너스로 한없이 기울었다. 지호가 너무 어려서 영어교육은 처음부터 기대할 수도 없었다. 하지만 그

6

럴수록 우리만의 여행을 자유로이 즐기고 새로운 세상을 체험하는 것밖에 할 게 없었다. 그런 경험들은 이제 와서 무엇과도 바꿀 수 없는 큰 자산으로 남았다.

2년이란 시간은 길고도 짧다. 처음엔 몰라서 헤매다 이제 좀 살 만하니 돌아와야 했다. 한국으로 돌아갈 날짜를 정한 뒤부터 미국에서의 모든 게 아쉬워졌다. 마지막 여행, 마지막 가을, 마지막 3월, 마지막 하루. 그렇게 수많은 '마지막'들을 챙겨 보내고 안녕을 고했다. 인생도 이렇지 않을까? 멋모르고 살다가 알 만할 때 떠난다.

이 책은 미국에서의 삶과 여행을 조금이나마 소개해보려고 쓰기 시작했다. 우리처럼 미국에서 살아갈 준비를 하는 이들, 미국으로 여행을 떠나려는 이들, 그저 자유롭고 싶은 이들, 인생이라는 큰 여정 위에서 방랑하는 이들에게 공감할 만한 무언가가 되었으면 좋겠다. 언젠가 지호가 더 커서 이 책을 읽을 때, 이런 아름다운 시간이 있었음을 새삼스럽게 느끼지 않도록 지속되는 삶을 살아가기를 소망하며…….

이종림

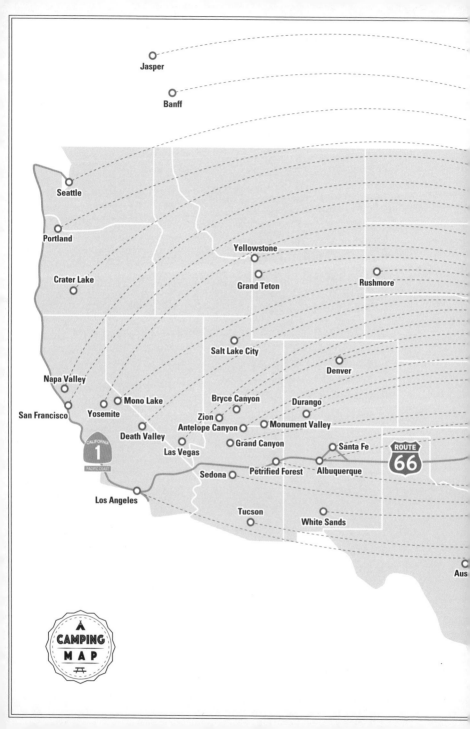

contents

 # Road Trip 1
캠핑의 시작은 안단테로

Road Trip 2
때로는 여행처럼 때로는 일상처럼

Road Trip 3
여행의 끝에서 비로소 알게 된 것들

Road Trip 1

캠핑의 시작은
안단테로

캐나다 밴프

우리 여행의
베이스캠프

미국에서 새 터전이 되어준 노스캐롤라이나North Carolina에 처음 도착한 날을 지금도 생생히 기억한다. 그해 여름 노스캐롤라이나의 하늘은 눈부시게 파랗고 우주만큼 넓었다. 커다란 미니 밴을 타고 조용한 마을에 내렸다. '화씨 89도'라는 알 수 없는 기온 속에 땀이 주룩주룩 흘러내렸다. 어린 딸은 피곤해서 몸을 기댔고, 냥이들은 케이지 안에서 바둥거렸다.

휴대폰으로 찍은 사진 몇 장에만 의지해 계약한 낡은 싱글홈 앞에 다다랐다. 열쇠를 하나 받았다. 조그만 열쇠지만, 그것이 전부였다. 앞으로 그 집에서 살아갈 2년의 삶을 책임져줄 열쇠다. 여느 택

배박스를 열 때보다 설레면서도 긴장됐다. 손끝의 떨림을 가라앉히며 열쇠를 돌렸다. 딸깍. 나무로 만든 가벼운 현관문이 열렸다. 미지근한 냉기가 나오는 에어컨이 우리를 맞이했다.

'아, 여기가 우리 집이구나.'

그렇게, 미국에서의 새로운 삶이 시작됐다.

눈 떠보니 미국에 다다른 그 시점에서 일 년 전으로 거슬러 가본다. 그날도 남편은 아이가 잠든 밤에 퇴근해 집으로 왔다. 그는 늦은 저녁을 먹으며 말했다.

"해외 연수를 지원할까 싶어. 미국에서 한번 살아보는 것도 좋을 것 같아. 지호와 더 많은 시간을 보내면서. 곧바로 되기는 힘들 테고 1~2년은 시도해봐야 될 거야."

그러고 나서 석달 뒤 남편에게서 카톡이 왔다.

'여보, 우리 미국에 갈 수 있게 됐어.'

깊이 생각할 겨를도 없이 이른 기회가 찾아왔다. 우리가 정말 미국에 간다고? 어떻게 살지? 지호는? 고양이는? 수많은 물음표 이전에, 나에게 미국은 한번도 살고 싶다는 생각이 안 드는 무미건조한 나라였다. 십 년 전 방문한 뉴욕은 매력적이었지만, 살고 싶을 정도까지는 아니었다. 월등한 영어 실력과 미국에 대한 지식도 없이 짧은 여행 경험만으로 미국에서 살아볼 마음을 먹기에는 상상력이 힘에 부쳤다.

미국에 갈 준비를 하며 머리와 몸이 따로 놀았다. 마음은 여전히 끌림 없는 미지의 세계를 두려워하고 있었지만, 미국에 갈 항공권부터 끊었다. 미국에 가기 두 달 전에 겨우 집을 구했고, 한 달 전에 미국으로 보낼 짐들을 박스에 담아 배편으로 보냈다. 동물병원을 오가며 고양이의 검역 서류를 준비하고 환전을 했다. 한국에서 살던 집을 떠나던 날, 밤을 꼬박 새서 세간살이를 정리한 끝에 집을 나섰다. 출국하는 공항에서 커다란 이민가방 다섯 개, 트렁크 두 개, 고양이 케이지 두 개, 아이를 태운 유모차를 끌고 줄을 섰다. 이제 진짜 가는 거야?

그리고 총 14시간 비행과 3시간 대기 끝에 도착한 미국 땅에서 7월의 쨍한 햇빛에 정신을 못 차렸다. 같은 지구인데 왜 이렇게 다른 걸까? 햇볕은 뜨겁고 거리는 초록으로 빛났다. 노스캐롤라이나는 미국의 남동부에 있는 주다. 캘리포니아나 뉴욕과 같이 대도시가 모여 있는 주에 비해 집세가 저렴한 편이고, 뉴욕이나 시카고, 캐나다로 동부 여행을 다니기에 편하다. 동부에 있지만 겨울의 추위가 견딜 만하다. 듀크대, UNC(노스캐롤라이나 주립대학)와 같이 유명한 대학들이 있고 연구단지가 있다. 주도州都인 랄리Raleigh의 다운타운이나 샬럿Charlotte에 가면 제법 도시 느낌이 나지만, 너른 시골 마을이 대부분이라 한적하고 평화롭다.

미국 어딜 가든 자연이 가까이 있는데 노스캐롤라이나도 마찬가지다. 곳곳에 크고 작은 공원과 캠핑장이 있다. 서부처럼 대규모 국립공원이 있는 건 아니지만, 대서양 바다를 끼고 있어서 나들이 갈 곳이 많다. 노스캐롤라이나는 라이트 형제가 처음 비행에 성공한 국립보존지역이 있는 곳이기도 하다. 아우터뱅크스Outer Banks, 월밍턴Wilmington에는 사람들이 게낚시를 하러 자주 간다. 4시간 가량 더 가면 머틀비치Myrtle Beach로 유명한 사우스캐롤라이나에 갈 수 있다. 아이들 데리고 물놀이하기에 더없이 좋은 환경이다.

남편은 UNC에서 연수를 받기로 했다. 집은 대학에서 삼십 분 정도 떨어진 캐리Cary라는 동네를 택했다. 캐리에서도 울창한 나무들이 줄지어 있는 오래된 단지에 살았다. 나무로 지어진 미국의 전형적인 집들이 모여 있는 조용한 동네다. 옆집에는 쌍둥이 초등학생 자매를 기르는 백인 가족이 살았다. 그 집 아저씨는 왠지 깍쟁이처럼 보였지만 차를 타고 나가는 길이라도 눈을 마주칠 때면 꼭 손을 들어서 인사를 해줬다. 맞은편 집에 사는 일본인 아주머니는 알록달록한 꽃들로 가득한 정원을 부지런히 가꾸곤 했다.

우리가 살던 집은 40대 초반의 중국계 미국인 프로그래머가 세를 준 집이다. 반려동물과 함께 살 수 있는 집을 구하기 위해 직접 미국 부동산 사이트를 뒤져서 어렵게 찾았다. 지은 지 20여 년이 된 낡은 이층집이다. 거실에는 벽난로가 있고 높은 천장에 커다란 팬이 돌아갔다. 앞뒤에 조그만 뜰이 있고 언제든 바깥으로 통하는 유

리문으로 경치가 보였다. 곳곳에 먼지가 쌓여 있고, 방충망은 낡고 벌레가 많았으며, 창문도 삐걱거렸지만, 그 모든 단점을 덮을 만큼 위치와 환경이 좋았다.

집 앞 테라스에 크레이그리스트Craglist를 통해 중고로 구입한 흔들의자를 놨다. 흔들의자에 흔들흔들 앉아 있으면 미국의 일상이 풍경처럼 지나갔다. 턱수염을 덥수룩하게 기른 우체국 아저씨는 문이 없는 작은 트럭을 타고 다니며 집집마다 우편함에 우편물을 넣어줬다. 동네 사람들은 큰 개를 이끌고 산책을 다녔다.

해질녘에는 반딧불이가 반짝였고 밤이 되면 하늘에 별빛이 은은했다. 봄에는 옆집 마당에 분홍색 꽃나무가 피었고 가을에는 마을 어귀의 나무들이 붉게 변했다. 겨울에는 눈이 무릎까지 쌓여서 사흘 내내 집에만 갇혀 있는 경우도 몇 번 있었다. 그렇게 사계절을 두 번 보냈다.

그러는 동안 숱하게 여행을 다녔다. 여행을 다니느라 한 달에 2~3주밖에 집에 머물지 못했지만, 그날들은 매우 소중하고 강렬했다. 남편은 아이를 프리스쿨에 데리고 다녔고, 나는 ESL 수업을 들으며 주말마다 한인교회에 나갔다. 가끔씩 아이를 데리고 랄리나 더램의 박물관과 도서관에 가면 키즈카페 부럽지 않았다. 모리스빌의 쌀국수집, 캐리의 본드 파크와 브루어리, 에이펙스의 중고서점과 피자집은 우리가 좋아하는 장소였다. 식구들이 어딘가 나갈

데가 생기고, 익숙한 거리가 만들어지면서 어느새 노스캐롤라이나
라는 지역에 스며들어갔다.

자동차가 아닌 비행기를 타고 여행을 떠났다가 돌아올 때면, 새
벽에 노스캐롤라이나 RDU 공항에 떨어지곤 했다. 공항에서 우버
를 타고 마을로 들어오는 길에 늘 눈이 산뜻해졌다. 서부 여행 내내
시야를 덮었던 황토빛이 사라지고 하얀 집과 초록 잔디가 펼쳐지
기 때문이다.

"어딜 다녀봐도 노스캐롤라이나만한 데가 없는 것 같아."

집에 돌아오는 길에 남편은 말했다.

"그래. 내 집이 제일 편하지."

아이 옷을 갈아입히고 냥이들에게 캔 간식을 먹인다. 청소기를 돌리고 짐을 한참 푼 뒤에야 침대에 눕는다. 이미 해가 훤하게 떠오른 아침이다. 초록이 쏟아지는 창을 블라인드로 가려도 이름 모를 새소리가 넘어와 귓속을 파고든다. 아이를 따라 뒤늦게 잠을 청한다. 그 순간 느껴지는 낮은 텐션. 여행을 끝마쳤는데 아직도 여행하고 있는 듯한 이 느낌은 뭘까. 편안하면서도 낯선 무언가가 나쁘지 않았다. 일상이지만 괜히 새롭고 설레던 그 느낌이 가끔 그립다.

총천연색
미국식 단풍놀이

"가을에는 스모키마운틴Smoky Mountains에 꼭 가봐야지."

여행 일정을 짜는 데 이제 막 재미를 붙인 남편이 말했다. 미국에 도착해서 어영부영 여름을 보내고 어느덧 9월이 됐다. 미국생활에 빠르게 적응한 우리는 마트에서 필요한 식료품을 찾는 일도, 어디를 가든 세 식구가 3인 1조로 붙어 다니는 일도 익숙해졌다. 지호는 아직 프리스쿨을 찾지 못해 하루 종일 집에 붙어 있다. 남편 역시 대학에 강의를 들으러 갈 때 외에는 집에서 꼬박꼬박 밥을 먹는 '삼식이' 남편으로 지낸다. 냥이들은 너른 창밖 구경에 재미가 들렸다. 나는 비싼 외식 물가, 느끼한 미국 음식, 한 대뿐인 자동차,

아직은 낯선 지리 등을 이유로 집에서 한식으로 삼시 세끼를 해결하는 데 가장 큰 힘을 쏟고 있었다. 한국과 미국의 중간 어디쯤에서 답답하면서도 편안한 일상이 빠르게 흘러갔다.

그러던 차에 스모키마운틴으로 여행을 간다니 마음이 들떴다. 스모키마운틴은 미국 동부의 뼈대로 불리는 애팔래치아산맥 끝자락에 위치한 산이다. 테네시Tennessee주와 내가 사는 노스캐롤라이나주 사이에 걸쳐 있다. 단풍을 즐길 수 있는 스모키마운틴은 동부에서 보기 드문 전국구 국립공원이다. 9월 말부터 전국에서 단풍을 보려고 엄청난 수의 관광객이 모여든다.

미국에서 단풍이 가장 아름다운 곳이라는 건 숙소가 일찌감치 동난다는 뜻이기도 하다. 사람들이 선호하는 숙소는 숲속에 운치 있게 머물 수 있는 통나무집 캐빈이다. 우리는 10월 말 날짜에 어렵사리 작은 캐빈 하나를 잡았다. 미국에서 보내는 최초의 가을, 첫 핼러윈을 집 밖에서 보내게 되다니 과연 어떤 여행이 될까.

드디어 출발하는 날, 우리가 집에 없는 동안 핼러윈을 기념하기 위해 집 앞 계단에 조그마한 호박을 한 덩이 놔뒀다. 남편이 내비게이션을 설정하고 액셀을 밟았다. 창밖을 보니 집 앞 단지에도 제법 단풍나무가 울창해졌다. 붉은 단풍나무 사이로 햇볕이 조각나서 쏟아진다. 고속도로를 달려 여섯 시간 만에 노스캐롤라이나를 벗어나 테네시에 진입했다.

우리가 묵을 숙소는 피전포지Pigeon Forge에 있는 산장이다. 흘러
간 팝송 공연장과 박물관이 쇠락한 관광지의 풍경을 자아낸다. 사
무실에 잠시 내려서 열쇠를 받고 구불구불한 산길을 올라갔다. 인
공적인 불빛이 없이 깜깜하다. 중간에 길이 헷갈려 헤매는 동안에
곰이나 사슴을 만나도 전혀 어색하지 않을 분위기였다.

숲속 한가운데 자리한 캐빈에 겨우 도착했다. 조금은 낡은 통나
무집이다. 내부는 다소 퀴퀴했지만, 이불과 소파에 곰과 나무가 그
려진 패브릭은 산장 느낌이 물씬 났다. 다른 호텔에서는 볼 수 없었
던 벽난로와 오락기, 야외 자쿠지가 있었다. 지호는 새 숙소가 마음

스모키마운틴 산밑 동네 게틀린버그.
백발 노인들이 의자에 앉아 여유롭게 가을을 즐기는 모습이 보기 좋았다.

에 드는지 좁은 공간을 탐색하며 돌아다녔다. 숙소의 진가는 다음 날 아침 제대로 느낄 수 있었다. 문을 열고 나가자 총천연색의 단풍이 눈앞에 그대로 펼쳐졌다. 지호를 데리고 야외 자쿠지에 뜨거운 물을 받아놓고 보글보글 몸을 담근 채 단풍을 바라봤다. 자쿠지가 놓인 테라스의 나무틀이 마치 액자처럼 바깥 풍경을 단정하게 담아줬다.

아침을 먹고 게틀린버그Gatlinburg를 구경하러 나갔다. 설악산에 가면 설악동이 있듯이, 게틀린버그도 스모키마운틴의 대표적인 관광지 중 한 곳이다. 거리 곳곳은 스모키마운틴의 상징인 흑곰과 호박, 허수아비가 단풍과 어우러져 아기자기했다. 골목 안에는 유럽의 작은 마을에서 볼 법한 예쁜 가게들이 많다. 강아지를 목줄로 끌거나 유모차에 태워서 데리고 나온 관광객을 종종 마주쳤다. 곰이 그려진 옷 가게에서 지호가 그해 겨울 닳도록 신고 다닌 곰 부츠를 구했다. 지나가는 길에 지호는 기네스 박물관을 기웃거렸다. 미국에서 여행을 다니면서 보면, 관광지에 이런 '믿거나 말거나' 류의 박물관이 하나씩 꼭 있다.

거리에는 젊은이들도 많지만 특히 중년 이상의 백발노인들이 자주 눈에 띈다. 그들은 걷다가 힘들면 곳곳에 놓인 벤치나 흔들의자에 앉아서 어유롭게 풍경을 바라봤다. 꼭 줄을 서서 산을 오르지 않더라도, 유유히 거리를 거닐며 단풍을 배경으로 즐기는 모습이

보기 좋았다. 나도 지호를 데리고 비어 있는 벤치에 앉아봤다. 지나가는 사람들을 바라보는 동안 신선한 가을 내음이 코끝을 스쳤다.

게틀린버그엔 다양한 볼거리가 있지만, 사람들이 가장 많이 찾는 곳은 문샤인 위스키 샵이다. '문샤인'이란 미국에서 증류주가 합법화되기 이전에 사람들이 달빛 아래 몰래 만들던 밀주를 뜻한다. 게틀린버그의 대표적인 문샤인 샵 중 하나인 〈슈가랜드〉에 들어갔다. 5달러를 내고 두근두근, 처음 시음에 도전해보기로 했다.

바텐더를 에워싼 동그란 테이블 주위로 사람들이 모여들었다. 바텐더는 초콜릿 맛, 피너츠버터 맛, 과일 맛 등 달달한 다섯 가지 술을 차례로 설명하며 따라줬다. 내가 조그만 잔을 들어 원샷하자,

사람들은 첫 시음을 축하하는 박수와 환호를 보냈다. 달콤한 향과 함께 40도가 넘는 독한 취기가 살짝 올라오며 기분이 좋아졌다.

문샤인을 한 잔 마시고 밖으로 나오니 거리가 호박 맛 문샤인처럼 주황색으로 물들고 있다. 게틀린버그에서만 하루 종일 신나게 구경하며 돌아다니다보니 어느덧 해가 지고 있는 것이다. 피곤해하는 지호를 등에 업었다.

"오늘은 어땠어?"

"응, 너무너무 재미있었어."

멀리 산등성이에서부터 내려오는 햇살이 어깨 위에 따스히 내려앉는다.

다음 날 우리는 본격적으로 단풍을 찾아 길을 나섰다.

"오늘은 산으로 가볼까?"

그날도 역시 아침부터 게틀린버그를 향하는 차들은 좁은 길을 가득 채웠다. 교통체증을 뚫고 배경으로 멀리서 바라보던 풍경 속으로 들어갔다. 산속으로 들어갈수록 울긋불긋한 단풍이 더욱 짙어졌다. 차를 멈추고 내려서 셔터를 눌렀다. 파란 하늘과 단풍의 보색 대비가 강렬하다. 개울가의 숲은 온통 노랗게 물들어 있었다. 지호는 큰 나뭇잎을 양손에 쥐고 날개처럼 파닥거리며 신나게 가을을 만끽했다.

정상을 향해 조금 더 올라가봤다. 스모키마운틴은 뿌연 안개와 구름이 자주 끼어 있어서 '스모키'라는 이름이 붙었다. 탁 트인 조망을 보려면 운이 좋아야 한다. 다행히도 우리는 운이 좋았다. 전망대에 오르니 동서남북으로 시야가 뻥 뚫렸다. 단풍의 안과 밖, 전경과 근경은 저마다 다른 느낌으로 지루할 틈을 주지 않았다.

전망대에서 내려오는 길에 해가 지기 시작했다. 길가에 서 있는 나무들은 붉게 물들어갔고 첩첩이 쌓인 산자락이 서로 다른 명암으로 뒤덮였다. 사람들은 전망대에 나와서 멋진 자연의 쇼를 감상했다. 스모키마운틴의 장엄한 일몰만큼이나, 그것을 바라보는 사람들의 모습 또한 멋진 광경이다. 돗자리를 깔고 누워서 보거나, 캠핑의자를 펴고 앉아서 보는 사람들도 많다. 그들은 해가 질 때까지 자리를 떠나지 않고 그림 같은 풍경을 완성했다. 그때 처음 배웠다. 기다림도 여행이다. 해가 뜨고 지고, 계절이 바뀌고, 눈 앞의 풍경이 다채롭게 바뀌어가는 과정을 기꺼이 즐길 수 있어야 한다는 것을.

이듬해 가을, 우리는 다시 스모키마운틴을 찾았다. 이번에는 캠핑이다. 미국생활 일 년 만에 익숙해진 텐트를 이고 지고 떠났다. 단풍이 한창 예쁘게 물들 때라 스모키마운틴의 캠핑장에도 여행객이 많다. 주차를 하는 동안 옆 텐트 사이트에 있던 아저씨가 친절하게도 자리를 봐줬다. 아이들의 왁자지껄한 소리가 들리는 걸 보니 대식구인가 보다.

해가 지기 시작하자 사람들이 언덕 위에 모였다.
캠핑의자에 앉아 느긋하게 해넘이를 관람하는 그들의 모습이 인상 깊게 남았다.

텐트를 정리한 뒤, 마트에서 사온 소고기를 꺼내 저녁식사를 준비했다. 프라이팬에 버터를 한 스푼 올리고 그 위에 고기를 올려놓자 치지직 소리와 함께 연기가 일었다. 옆 캠핑카 식구들은 모닥불을 지펴 바비큐 파티 중이다. 바비큐 꼬치를 하나씩 들고 있는 아이들이 내가 굽는 스테이크 쪽으로 자꾸만 힐끔힐끔 시선을 돌린다. 어느 때보다 맛있는 스테이크가 구워졌다.

저녁을 다 먹고나서 모닥불을 피웠다. 남편이 텐트에서 지호랑 노는 사이, 모닥불을 지피던 옆자리 아저씨가 말을 걸어왔다.

"어디에서 왔어요?"

"한국에서 왔어요. 지금은 노스캐롤라이나에 살고 있어요."

"아, 한국이요? 우리 큰아들이 태권도를 배워서 잘 알죠."

켄터키에서 온 그는 육남매 아이들을 키우는 아빠다. 반가워서 한국 이야기와 함께 그동안 미국에서 여행 다닌 이야기를 한참 동안 떠들었다.

그때 긴 잠옷을 입고 머리카락을 타월로 돌돌 말고 있는 꼬마 아가씨가 캠핑 트레일러 밖으로 나왔다. 지호와 동갑인 막내딸 클로이다. 아저씨는 딸에게 지호 이야기를 하며 내일 함께 놀아보자고 했다. 텐트로 돌아와 지호를 재우며 말해줬다.

"지호야, 내일은 옆자리 친구랑 같이 놀아보자."

"그래? 내일이 빨리 오면 좋겠다."

다음 날 아침에 눈을 뜨자마자 지호는 클로이를 찾았다. 두 아이가 수줍게 만났다. 어색한 것도 잠시, 금세 친구가 되었다. 지호는 작은 배낭에 꾸역꾸역 싸갖고 온 장난감을 하나씩 꺼내 보여줬다. 둘이 노는 동안 클로이의 언니 오빠들은 공을 차며 놀고 있다. 나는 이른 점심을 차리려고 마트에서 사온 냉동 LA갈비를 꺼내 구웠다. 클로이 엄마가 다가와 물었다.

"오늘은 또 어떤 요리를 하나요? 어제 구운 스테이크 냄새가 너무 좋아서 참기 힘들었어요."

그녀는 내가 대단한 셰프라며 칭찬을 해줬다. 미국 현지인에게 그런 말을 듣다니 웃음이 났다. 다 구운 LA갈비를 나눠주고 싶었지만, 클로이 가족은 곧바로 짐을 싸서 떠나야 했다. 커다란 픽업트럭에 짐을 촘촘히 쌓고 캠핑 트레일러를 접어서 연결했다. 지호는 손바닥을 마구 흔들며 작별인사를 했다. 짧은 만남이지만 헤어짐은 늘 아쉽다. 클로이 아빠는 우리에게 켄터키에도 꼭 한번 놀러 오라고 했다.

클로이 가족이 떠나니 캠핑장이 조용해졌다. 키 큰 나무에서 낙엽들이 살랑살랑 내려온다. 햇빛을 받아 반짝반짝 별처럼 빛난다. 떨어지는 나뭇잎이 바닥의 낙엽 더미에 슬쩍 닿아 사각거린다. 가만히 앉아서 가을의 자연이 숨 쉬는 소리를 듣는 것만으로도 더 바랄 게 없다.

스모키마운틴 캠핑장에서 만난 클로이와 지호.
사람 냄새를 느낄 수 있는 게 캠핑의 묘미이기도 하다.

지호는 예쁜 단풍잎과 나뭇가지를 주웠다. 아무리 주워도 끝이 없는 자연의 놀잇감은 아이에게 늘 새로운 친구가 되어준다. 옆 캠핑카의 노부부는 일찌감치 야외 테이블에 나와서 목각인형을 조각하고 있다. 그들에게서 분주함이나 호들갑스러움은 전혀 없다. 단풍 안에 들어와 있는 것만으로 충분하다.

노스캐롤라이나에 돌아오니 붉은 단풍나무가 며칠 새 앙상해졌다. 미국에서도 가장 아름다운 계절인 가을은 짧기만 하다. 내 인생에도 그런 찬란한 시간이 있다면 바로 지금이 아닐까. 다시 쌀쌀한 가을이 오면 스모키마운틴의 화려하면서도 아기자기한 단풍이 생각날 것이다. 그리고 단풍을 즐기는 사람들의 느긋함이 함께 떠오를 것 같다. 어느 곳에서든지 단풍을 바라볼 수 있다면, 기억하자. 한 발짝 멀리, 때로는 가까이, 한번쯤은 느리게 바라보기. 단풍을 바라보듯 사계절을 살아갈 수 있다면 더없이 좋겠다.

회한의
임프로비제이션

미국에서 맞이한 첫 번째 연말에 로드 트립을 계획했다. 노스캐롤라이나주에서 텍사스Texas주까지 장장 4,000킬로미터가 넘는 거리를 직접 자동차를 몰고 가는 여정이다. 미국에서 첫 장거리 여행이라 준비를 단단히 했다. 남편은 모든 동선을 미리 계획해 구글로 확인했고, 숙소를 예약했다. 어딜 가든 한번 와본 사람처럼 지리와 상황을 파악하는 건 언제나 그의 몫. 여행하는 동안에는 삼식이 남편이자, 여행 마스터로서 더욱 당당한 그였다.

날씨가 춥고 이동거리가 길기 때문에 고양이들은 불가피하게 집에 두고 가기로 했다. 이웃에게 사료와 물, 화장실을 갈아달라고 부탁했다. 우리가 집을 비운 동안 냥이들이 잘 지낼 수 있을까? 냥이들도 우리도, 처음 맞는 미국에서의 긴 이별이었다. 쌀쌀해진 겨울 날씨 속에 미니 밴 가득 캠핑 짐을 싣고 아이를 태웠다. 그때만 해도 그해 겨울이 그렇게 길고 추울 줄 몰랐다.

테네시주와 미시시피Mississippi주를 지나 뉴올리언스New Orleans에 도착한 날, 미시시피 강변에는 비가 그치고 뿌연 안개가 올라오고 있었다. 사람들이 많은 프렌치 쿼터로 다가가니 각종 티셔츠와 기념품을 파는 가게들이 눈에 띄었다. 지호는 참새가 방앗간에 들르듯 신기한 가게들을 그냥 지나치지 못했다. 가끔 인형을 사달라고 조르기도 했지만, 냉장고에 붙이는 자석 한두 개 고르는 걸로도 만족해했다. 몇 군데 구경을 하다가 허기를 채우기 위해 야외 식당

에 자리를 잡았다. 식당에선 마침 기타와 드럼, 키보드의 3인조 밴드가 라이브 공연을 하고 있었다.

뉴올리언스에 가는 목적 중 하나가 재즈라면 다른 하나는 '먹방'이다. 뉴올리언스에는 해산물이 풍부해서 검보 수프, 해산물 포보이, 굴 요리, 악어고기까지 다양한 요리로 유명하다. 뉴올리언스의 명물〈카페 드몽드〉의 베이그넷도 빼놓을 수 없다. 방금 뽑아낸 진한 카페라테 한 잔에 하얀 슈가파우더가 듬뿍 뿌려진 밀가루 튀김을 한입 베어 물면 머리가 핑 돌 만큼 그 맛이 환상적이다. 뜨거운 커피와 따끈한 베이그넷을 먹으니 쌀쌀하게 느껴지던 뉴올리언스의 겨울도 훈훈해졌다.

뉴올리언스에서 먹는 데는 어느 정도 투자를 했지만 숙소는 여비를 줄이기 위해 저렴한 텐트 캠핑을 했다. 50달러 안팎의 캠핑장을 선택하고 자동차로 직접 시내를 오가기로 했다. 시내의 주차장에 차를 세워두면 하루 종일 머물러도 10~20달러면 충분하다.

캠핑장에 텐트를 치고, 기온이 더 떨어질세라 방한 장비를 하나둘 꺼내 무장했다. 한국에서 갖고 온 전기장판을 캠핑 매트 위에 깔았다. 한국식 전기장판을 갖고 왔다는 것은 돌덩어리처럼 무거운 변압기를 들고왔다는 뜻이다. 물과 전기를 마음껏 쓸 수 있는 미국 캠핑장에서 변압기 정도 돌리는 건 아무 문제가 아니다. 그리고 4인용 텐트에 방한텐트를 욱여넣으니 그럭저럭 겹쳐졌다. 텐트 안

에 또 텐트를 치고, 아래에서는 따스한 온기가 올라오니 안방 아랫
목만큼 따뜻하고 아늑했다.

바람 불고 꽤 쌀쌀했던 밤을 보내고 맞이한 다음 날 아침, 옆자
리에는 텐트 대신에 커다란 밴이 한 대 서서 '차박'을 하고 있었다.
두 아이를 데리고 시카고에서 뉴올리언스까지, 미국 중북부에서
남쪽까지 온 가족이다. 남편은 독일계 백인, 아내는 베트남계 동양
인이었다. 아침밥을 준비하며 물었다.

"차에서 자서 덜 춥나요?"

"그래봤자, 그냥 차예요(It's just a car)."

사람 좋아 보이는 아이 아빠가 웃으며 말했다. 시카고 추위에 비
하면 추운 것도 아니라는 말도 덧붙였다.

그 집 큰딸 커레인은 지호보다 한참 위인 초등학생 언니였다. 지
호는 커레인을 따라서 매트 깔린 자동차에도 들어가보고, 우리 텐
트로도 안내하며 캠핑장을 즐거운 놀이터로 만들었다. 커레인의
동생은 이제 막 걸음마를 하는 아기다. 지호는 동생이 귀엽다며 쓰
담쓰담 해줬다. 미국에서는 어린아이를 데리고 캠핑에 나서는 풍
경이 흔하다. 그렇게 막 키워도 되나 싶게 엄마들은 아이를 흙 위에
서 마음껏 놀게 한다.

커레인의 가족은 이틀 뒤 다른 곳으로 떠났다. 잠깐이었지만 아
이와 놀아준 게 고맙기도 하고, 또 이렇게 만난 게 반가워서 가족사

뉴올리언스 캠핑장에서 커레인 가족을 만났다.
미국에서는 어린아이를 데리고 캠핑에 나서는 풍경이 흔하다.

세인트루이스 대성당까지 가는 길의 거리 풍경.
연말의 뉴올리언스 번화가는 사람들로 가득 찼다.

진을 찍어줬다. 우리와 헤어지고 가는 길에 사진을 보내주니 고맙다는 답이 왔다. 시카고에 오면 꼭 놀러오라고 했다. 왠지 같은 이방인이자 캠핑족으로서 동질감이 느껴졌다.

낮에 다시 뉴올리언스의 번화가로 나갔다. 프랑스를 물씬 느끼게 하는 건물들이 고풍스러우면서도 파격적이다. 대낮부터 투명한 플라스틱 컵에 술 한 잔씩 들고 다니는 사람들도 보이고 군데군데 동성애를 상징하는 레인보우 깃발도 눈에 띄었다. 사람들이 제일 많이 모여드는 거리로 나가니 쿵짝거리는 음악 소리가 들려왔다.

"재즈 하면 브라스지."

한국에서는 주로 피아노가 리드를 많이 하는데 미국에서는 트럼펫이나 트럼본 같은 금관악기가 주름잡는다. 클래식에서도 금관악기는 매우 중요하지만 매끄러운 소리를 내기가 쉽지 않은 악기다. 그런데 뉴올리언스에서는 골목마다 울려퍼지는 트럼펫, 트럼본 악기 소리가 범상치 않다. 거리에서 본 한 흑인 청년은 허름한 청바지를 입고 앉아 커다란 트럼본을 목에 걸고 연주하고 있었다. 굵은 트럼본의 파이프를 따라 기대 이상의 아름다운 소리가 흘러나왔다.

거리에는 주말에 연말이 더해져 사람들로 가득 찼다. 관광객을 태운 마차를 지나고 그림을 파는 노점들을 지나 세인트루이스 성당까지 도달했다. 서서히 해가 지고 있어서 우리는 더 늦기 전에 제

대로 된 재즈 공연을 보기 위해 프리저베이션 홀Preservation Hall로
향했다. 1960년대부터 자리를 지키고 있는 유서 깊은 재즈홀이다.
한 시간 가량 줄을 섰는데도 이미 50여 명 규모의 객석이 꽉 차 있
다. 우리는 입석이라도 기쁘게 공연을 봐야 할 상황이다. 홀 안에
들어가니 그곳만 시간이 멈춘 듯 오래된 건물에 낡은 액자들이 걸
려 있다. 관객들은 좁고 긴 나무의자에 다닥다닥 붙어 앉아 오로지
공연에만 집중할 준비를 하고 있다.

　　나는 지호를 등에 업고 공연장 옆 복도에 서서 창문 너머 무대를
바라봤다. 멤버들이 하나둘 무대에 자리를 잡는다. 드럼, 피아노,
트럼펫, 트럼본, 클라리넷. 한 사람 빼고 모두 흑인이었는데 생각보

다 풍채가 작고 수수한 양복 차림이다. 빵모자로 멋을 낸 이도 있다. 60~70대 동네 할아버지들이 모여서 연주하듯, 정겹고 따뜻한 이미지가 그려졌다. 마지막에 리더로 보이는 최고 연장자가 입장하자, 드럼 스틱이 박자를 셌다. 좁은 공간에서 악기소리가 터져 나왔다. 거리에서 들었던 쿵쾅거리는 재즈가 아닌 담백하면서도 꽉 짜인 연주가 시작됐다.

그들의 악기소리는 오십 년은 갈고닦은 듯 미려했다. 한 곡 한 곡이 흘러가는 게 아쉽게만 느껴졌다. 빠른 곡들이 지나고 블루스풍의 느린 재즈가 시작되자 마음이 녹아내렸다. 그때 트럼펫 연주자가 일어나서 노래를 하기 시작했다. 노래와 랩의 중간처럼 무언가를 이야기하는 모습은 흥에 넘쳤지만, 괜스레 마음이 찡해졌다. 옆에서 함께 듣던 남편을 돌아보니 눈물을 흘리고 있었다. 나 또한 눈시울이 붉어졌다.

"판소리를 듣는 것 같았어."

그렇게 한 시간의 공연을 보고 나오며 남편은 말했다. 재즈를 듣고 울게 될 줄이야. 미국 재즈의 정수에서 한국의 정서를 공감한 건 뜻밖이었다. 재즈로 약자의 삶을 토로했던 그들의 방식이 우리네 한풀이와 다를 게 없었다. 지호도 등에 업힌 내내 편하지는 않았겠지만, 함께 있어서 다행이다. 이렇게 아름다운 연주를 듣는 일은 평생에 한 번 있을까 말까 한 경험일 테니.

어느새 해가 지고 난 뒤 뉴올리언스는 거대한 클럽으로 바뀌어 있었다. 밤의 뉴올리언스에는 유모차가 어울리지 않았다. 취한 듯 비틀거리거나 흥에 넘쳐 거리를 점령하는 이들이 늘어났다. 거리의 연주는 조금 더 과감해졌다. 프리저베이션 홀의 세련된 연주를 듣다가 밖으로 나오니 모든 게 소음으로 들렸다. 빠른 걸음으로 유모차를 밀며 프렌치 쿼터를 빠져나왔다.

다음 날 뉴올리언스를 떠나며 오크 앨리 플랜테이션Oak Alley Plantation을 방문했다. 사탕수수 농장을 지닌 대 부호가 살던 저택이다. 넓디넓은 정원에는 아름드리 오크나무가 멋지게 자라 있었다. 초록 잔디밭과 굵은 나무 뒤로 넘어가는 태양이 세밑의 햇살답지 않게 따사로웠다. 너른 정원 한켠에는 흑인 노예들이 생활하던 집

이 몇 채 남아 있다.

"아빠, 여기는 누가 살던 곳이야?"

궁금해하는 지호에게 설명해주기도 힘들 만큼 초라한 거처였다. 화려한 경관 뒤에 고스란히 보존된 남부 노예제도의 역사를 보며, 전날의 신나고 구슬펐던 재즈 가락이 오버랩됐다.

집으로 돌아오는 길에 아마존 쇼핑몰을 검색해 프리저베이션 홀의 밴드가 연주한 CD를 장바구니에 담았다. 그날의 재즈를 오랫동안 간직하고 싶어서다. CD를 틀면 메인 테마가 연주되고 이어서 각 악기마다 즉흥적인 임프로비제이션을 진행한다. 그리고 다시 만난 악기들이 하나가 되어 내달릴 때 심장박동이 따라서 치솟는다. 그 음악을 들을 때면 뉴올리언스에서 재즈의 정수를 맛봤던 짜릿함과 왠지 모를 찡한 감동이 밀려온다. 미국에서 중고 CD 플레이어가 고장 나기 전까지 참 열심히 들었다.

04

캔자스

회오리 지나 무지개 너머 오즈의 세계

"어 어, 핸들이 너무 흔들리네."

운전대를 붙잡은 남편이 말했다. 두 손으로 꽉 잡고 있는데도 흔들림이 심하다. 큰 트럭이 지나갈 때마다 캠핑카가 휘청거렸다. 불안한 마음에 창밖을 보니 나무들이 거친 바람에 헤드뱅잉을 하고 있다. 3월에서 4월로 넘어가는 즈음, 우리는 시카고에서 출발해 미국을 관통하는 루트66Route 66 을 달리고 있었다. 서부의 쨍한 날씨들과 달리, 중부지역으로 들어서니 하늘이 흐릿하다 못해 날씨가 요동쳤다. 미주리Missouri 주에서는 펑펑 눈이 내리더니 캔자스Kansas 주에 접어들자 바람이 더욱 거세졌다.

이게 바로 도로시의 집을 날려버린 회오리란 말인가? 캔자스 대평원에서 발생하는 돌풍은 무섭게 거셌다. 《오즈의 마법사》이야기가 괜히 나온 게 아니었다. 책속에서 캔자스 농장에 살던 소녀 도로시는 거센 회오리바람에 집이 통째로 날아가 신비한 마법의 세계 오즈에 떨어진다. 그곳에서 새로운 친구들을 만나 흥미로운 모험을 한다. 지호가 커가며 《오즈의 마법사》책을 읽어주면 지호도 재미있게 듣곤 했다.

지도에서 캔자스가 눈에 띌 때마다 《오즈의 마법사》가 떠올랐지만, 그곳에 가게 될 거라고는 상상도 하지 못했다. 남편과 장거리 여행계획을 의논하다가 캔자스가 물망에 올랐다. 하지만 캔자스는 미국 중부에 위치해 있어 자동차로 방문하기가 쉽지 않다. 딱히 유명한 관광 명소도 없다. 캔자스에 살지 않는 이상, 일부러 허허벌판의 시골을 찾아가는 '미친 짓'을 하는 사람은 드물다는 뜻이다. 하지만 무모하기에 더욱 매력적이었다. 우리는 루트66 횡단 여정에 캔자스를 포함시켜 《오즈의 마법사》의 배경이 된 곳에 실제로 가보기로 했다.

그렇게 캔자스를 향해 가는 길. 눈부신 초록색 숲과 파란 하늘이 잊혀지고 모든 게 잿빛으로 바뀌었다. 기온 또한 영하의 날씨로 떨어졌다. 즐거운 캠핑카 여행이 어딘지 모르게 쓸쓸하고 우울해질 즈음, 창밖의 갈대숲은 캔자스를 인상적인 곳으로 바꾸어놓았다.

캔자스와 오클라호마Oklahoma주에는 톨그래스라는 일종의 키 큰 갈대 보존지역이 있다. 톨그래스 서식지에는 수많은 야생동물이 함께 살아간다. 환경오염과 화재 등으로 톨그래스가 사라지며 보존지역의 중요성이 더욱 커지고 있다. 우리가 방문한 캔자스 톨그래스 보존지역Tallgrass Prairie National Preserve에는 휑한 평원에 농장 건물이 세워져 있었다. 하늘도 땅도 뿌옇다. 멀리 누런 갈대들이 바람에 휘어진다. 싸늘한 날씨에 옷자락을 모았다.

돌풍을 뚫고 도착한 캔자스는 마치 태풍 전야처럼 평온했다. 시원시원하게 뚫린 길과 큼지막한 건물들은 고요했다. 오즈의 마법사 박물관 외벽에는 노란 바탕에 《오즈의 마법사》 캐릭터들의 그림이 크게 그려져 있다. 박물관 안으로 들어가니, 나이가 지긋한 여성 직원이 안내를 한다. 착한 동쪽 마녀가 떠오르는 인상이다.

"이곳에는 2,000여 가지의 수집품들이 전시돼 있어요. 자, 이제 여러분은 잠시 후에 《오즈의 마법사》 속 세계로 들어갈 거예요. 하나 둘 셋!"

이윽고 문이 열렸다. 박물관 내부는 깔끔하고 보존이 잘 되어 있다. 퀴퀴한 읍내 박물관일까 봐 걱정했는데, 아기자기한 소품들의 천국이다. 길을 따라 가다보면 등장인물이 하나씩 나타나며 다양한 인형, 그림, 책, 영화 자료 등 《오즈의 마법사》에 대한 모든 역사가 펼쳐진다.

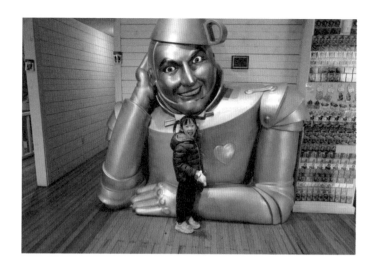

제일 먼저 지푸라기로 만들어진 허수아비가 정겹게 다가왔다. 헝겊으로 만든 인형, 돌로 만든 인형, 큰 인형, 작은 인형 등 여러 가지 모습으로 만들어졌다. 두려움 많은 사자, 용맹한 사자, 귀여운 사자 등 하나의 캐릭터에도 수많은 해석이 있다. 새로운 친구가 나타날 때마다 도로시의 여정을 그대로 따라가는 느낌이었다.

지호는 매끈한 양철 나무꾼을 좋아했다. 똑딱거리는 빨간 심장을 달고 있는 그의 부리부리한 눈. 책상 서랍에 두고 온 조그만 양철 나무꾼 인형이 생각났다. 미국에는 가라지세일, 플리마켓flea market과 같이 중고물품을 사고파는 중고장터가 활성화되어 있다. 노스캐롤라이나 랄리에는 주말마다 엄청난 규모의 플리마켓이 열린다. 앤틱 가구부터 장난감, 그릇, 옷, 음반, 각종 소품 등 안 파는 게 없다. 한번씩 지호와 함께 플리마켓에 가서 1달러 지폐 몇 장으로 쓸 만한 중고물품을 건져오곤 했다. 양철 나무꾼 인형은 지호가 좋아하는 장난감 코너에서 데리고 왔다. 은회색 양철 얼굴 속에 눈을 꿈뻑거리며 감정을 호소하는 모습에 왠지 모르게 눈길이 갔다.

또 한 코너에는 〈오즈의 마법사〉 메이킹 필름이 나오고 있다. 마법의 힘을 지닌 빨간 구두. 흑백 영화가 컬러 영화로 바뀌면서 어릴 적 인상 깊게 본 도로시의 빨간 구두가 탄생했다.

전 세계에 출간된 《오즈의 마법사》 책을 모아놓은 코너에서 반가운 한국어 책도 발견했다. 테마파크에 온 것처럼 동심의 세계로 돌아갔던 박물관 여정도 막바지에 이르렀다. 도로시가 친구들과 함께 손을 잡고 무지개를 향해 걸어가는 뒷모습이 그려진 커다란 퀼트 작품을 보며 문을 닫고 나왔다.

박물관 밖은 아직도 쌀쌀한 바람이 분다. 박물관을 찾아가는 길에 김이 모락모락 나던 도넛 가게가 생각나서 가봤다. 하지만 그새 문이 닫혔다. 아쉬운 마음에 바로 옆 드럭스토어에 갔다.

"옆에 도넛 가게는 벌써 문을 닫았나요?"

"네. 이곳은 흐리거나 바람이 부는 궂은 날에는 가게들도 일찍 문을 닫고 들어가곤 해요."

캔자스다운 라이프스타일이다.

캠핑카로 돌아와서 지호는 《오즈의 마법사》에 대한 그림일기를 그렸다. 도로시와 친구들이 자신의 꿈을 찾아가는 과정을 네 살배기 아이도 어렴풋하게나마 이해하는 것 같다. 나는 유튜브를 찾아 흑백 영화 속 도로시가 부르는 〈오버 더 레인보우〉를 들려줬다.

"지호야, 무지개 너머에 뭐가 있을 것 같아?"

바람이 좀처럼 잦아들지 않는 캔자스를 빠져나가며 나도 모르게 계속 노래를 흥얼거렸다. 익숙한 멜로디는 언제라도 우리를 그때 그곳으로 안내하는 마법을 부린다. 〈오버 더 레인보우〉를 들으면 거센 회오리 바람을 맞으며 위태롭게 미국 한가운데를 관통하던 순간으로 되돌아간다. 아름다운 기억은 빨간 구두를 신고, 또 다시 새로운 세계로 우리를 데려가지 않을까.

05

바하마

그들의 크루즈는
신데렐라의 호박마차였을까

미국에 와서 여름을 넘기고 가을을 거의 떠나보낼 무렵이었다. 원피스를 한 벌 사기 위해 백화점의 세일 코너를 열심히 뒤졌다. 쇼핑의 천국 미국에 왔지만 그리 속 시원한 쇼핑은 못하고 있다. 남편이 육아휴직 중이고 여행에 생활비를 올인하고 있기 때문이다. 어쩌다 백화점에 가도 세일 코너만 서성이곤 한다. 백화점 의류 매장에는 옷이 산더미처럼 쌓여 있다. 가격표만 떼지 않았지 '깨끗한 쓰레기'처럼 보이기도 한다. 그 안에서 파격 세일하는 옷가지나 신발 등을 잘 고르면 꽤 쓸 만했다. 열심히 골라서 가격 대비 무난한 원피스와 구두를 사왔다. 그리고 트렁크 가방에 차곡차곡 넣었다.

그렇게 짐을 싼 트렁크 가방을 끌고 생애 최초의 크루즈 여행을 떠났다. 크루즈 여행이라니 럭셔리 여행의 결정판 아닌가. 화장실 없는 깡통 캐빈이나 텐트 칠 자리만 알아보던 우리에게 이런 사치가 없다. 남편이 오랫동안 인터넷 서핑을 한 끝에 카니발 크루즈 티켓을 구했다. 플로리다Florida주에서 출발해 바하마Bahamas까지 다녀오는 여정으로 4박 5일간 숙소, 식사, 공연 등 모든 게 포함된 가격이 일인당 250달러에 불과하다. 바하마는 대서양 연안, 쿠바보다 조금 더 북동쪽에 위치한 작은 섬나라다. 크루즈를 타고 외국의 아름다운 섬나라까지 가본다니 기대가 더욱 커졌다.

드디어 크루즈를 타러 가는 날, 플로리다 휴게소에 잠시 들렀다.

"아, 따뜻해. 이게 말로만 듣던 플로리다 날씨로구나."

휴게소에서는 무료로 플로리다산 오렌지 주스를 나눠주고 있었다. 주스를 따라주는 직원의 미소처럼 상큼하고, 톡톡 튀는 새콤한 맛이 났다. 우리는 휴게소에서 한껏 기분이 고조된 채 크루즈가 기다리는 잭슨빌Jacksonville 항구로 갔다.

짐을 챙겨 주차장을 나섰다. 커다란 컨테이너 건물에 사람들이 고불고불하게 줄을 서서 출국심사를 받고 있다. 분위기가 심상치 않다. 여행을 자주 다녔지만, 그렇게 오랜 시간 기다린 건 처음이었다. 플로리다산 오렌지 주스로 섭취한 비타민C가 떨어져 갈 즈음, 함께 줄을 서 있는 사람들이 눈에 들어왔다. 크루즈를 타기 위해 모

인 사람들의 반 이상이 흑인들이었다. 대부분 가족이나 친구끼리 너댓 명씩 그룹을 지어 왔다. 그들은 꼼꼼히 땋은 레게머리를 늘어뜨리고 엉덩이가 다 보이는 힙합바지 차림으로 수다를 떨었다. 들뜬 기분을 감추지 못한 그들의 왁자지껄한 웃음 소리에 깜짝깜짝 놀랐다.

"엄마, 우리 저 배 타는 거야? 우아, 엄청 크다."

오랜 기다림 끝에 수속 절차를 마치고 드디어 크루즈에 올라탔다. 지호는 배로 가는 여행이 무척 즐거운 듯 폴짝폴짝 뛰었다. 크루즈가 서서히 항구를 떠났다. 앞으로 바다 위에서 나흘 밤을 보내야 한다니 왠지 모르게 설렜다.

짐을 풀고 본격적으로 크루즈 시설을 돌아봤다. 커다란 빌딩을 통째로 배 위에 얹은 모습이다. 엘리베이터가 다니는 중앙 통로에는 호텔처럼 화려한 샹들리에가 걸려 있다. 그 통로를 중심으로 카지노와 공연장 등을 오갈 수 있다. 가장 위층에는 야외 수영장이 있다. 사람들은 벌써 선베드를 한자리씩 차지하고 누워 선탠을 즐기는 중이다.

점심 때가 한참 지나서야 승선을 했기에 메인 레스토랑으로 갔다. 파스타, 햄버거, 피자, 치킨, 각종 튀김류, 샐러드, 빵, 과일 등 다양한 음식이 뷔페로 깔려 있다. 칼로리 따위는 잊은 채 음식을 담아 크루즈에서의 첫끼를 즐겼다. 객실은 창문이 없는 가장 저렴한 방을 골랐다. 좁은 방이 침대로 꽉 차 있다. 크루즈에서는 방에 머물기보다 돌아다니며 여러 가지 시설을 이용하기 때문에 객실의 조건이 큰 의미가 없다. 방 안에만 있으면 볕을 못 보니 틈틈이 나가서 햇빛을 보고 '광합성'을 해야만 한다.

"어떡하지, 나 속이 너무 안 좋은 것 같아."

"아니, 평소에 배를 그렇게 잘 타면서 왜 그럴까……."

고대하던 크루즈 여행이 이제 막 시작되었는데, 예상치 못한 문제가 발생했다. 남편이 멀미를 못 이기고 침대에 뻗어버린 것이다. 기자로 일하는 남편은 평소 취재를 하러 이곳저곳 다닌다. 해안 지역을 취재할 때는 일주일에 두세 번 배를 타곤 했다. 기자인지 뱃사람인지 정체가 혼란스러울 정도였던 그가, 이렇게 큰 배를 타고 멀미를 앓다니 전혀 예상치 못했다.

나는 멀미가 심하지는 않았지만, 대신에 추위에 떨었다. 11월에 탄 크루즈는 생각보다 쌀쌀했다. 얇은 옷가지들과 야심차게 준비해온 원피스는 옷장에 가지런히 걸려 있는 채 그대로다. 칙칙한 점퍼와 후줄근한 긴바지를 벗을 수가 없었다. 우리가 멀미와 추위에 움츠러든 사이, 함께 수속했던 사람들은 할리우드 배우처럼 눈부신 이브닝드레스를 입고 나타났다. 같은 객실에서 문을 열고 나온 게 맞나 싶게 무척 화려한 모습이다. 긴 속눈썹을 붙이고 화사한 메이크업으로 한껏 치장한 얼굴에는 시종일관 웃음이 끊이질 않았

다. 그들은 엘레강스한 헤어스타일과 반짝거리는 주얼리를 자랑하며 크루즈 안을 시끌벅적하게 누볐다.

저녁이 되면 매일 클럽에서 파티가 열리지만, 우리에게는 그림의 떡이었다. 남편이 좁은 객실에서 골골대며 육지를 그리워하는 동안, 나는 지호 손을 잡고 추레한 차림으로 크루즈 안을 다녔다. 수영장은 볕이 세고 바람이 쌀쌀해서 한두 번밖에 못 갔다. 기름진 뷔페 음식에도 서서히 물려간다.

그럼에도 시간은 빠르게 지나가고 어느덧 바하마의 수도 나소 Nassau에 정박하는 날이 되었다. 크루즈 밖으로 보이는 바다가 진한 옥색을 띠며 이국적으로 빛났다.

"와, 바다 색깔 너무 예쁘다."

카메라와 간단한 짐을 챙겨 육지를 밟았다. 거리는 파스텔톤으로 은은하게 빛나고 있다. 함께 배에 있던 사람들도 거리에 쏟아져 나왔다. 그들은 쨍한 나소의 햇빛 아래 눈부신 흰색 정장을 위아래로 빼입고 값비싼 명품거리를 관광했다. 우리는 바닷가에 나가서 돗자리를 펴고 놀았다. 에메랄드빛 바다에서 파도가 잔잔하게 부서지는 모습을 보며 뱃멀미에 골골거리던 남편의 얼굴도 모처럼 밝아졌다.

그날 저녁 크루즈에서는 정장을 입고 오라는 드레스코드를 안내했다. 드디어 준비해간 원피스를 꺼내 입고 레스토랑에 입장했

다. 드레스와 턱시도 차림의 사람들이 하나둘 자리를 채웠다. 예쁘
게 차려입고 메뉴판 윗줄부터 맨 아랫줄까지 마음대로 시켜 먹을
수 있다니 갑자기 행복지수가 상승했다. 흘러나오던 음악의 볼륨
이 높아졌다. 사람들이 일제히 무릎을 감싸던 냅킨을 펼쳐 흔들기
시작했다. 우리는 영문을 모르고 두리번거렸다. 이윽고 싸이의 〈강
남 스타일〉에 맞춰 서빙하던 직원들이 하나둘 테이블 옆으로 나와
서 말춤을 춘다. 우리 테이블을 담당하는 다부진 체격의 맥시코계

직원은 지호의 손을 잡고 신나는 댄스파티로 이끌었다.

내친 김에 그날 밤 크루즈의 파티장을 한 바퀴 돌기로 했다. 지호는 크루즈 내 키즈클럽에 맡기고 피아노 바에 갔다. 은발이 멋스러운 노신사가 파란 조명을 받으며 피아노를 연주한다. 직원들은 화려하게 뽐내고온 사람들 사이에서 분주히 칵테일을 서빙하고 있다. 흘러간 팝송 메들리를 부르다가 퀸의 〈위 아 더 챔피언〉을 떼창으로 마무리했다.

공연이 끝나고 지호를 데리러 갔다. 그런데 지호가 나를 보자마자 울음을 터뜨리는 게 아닌가.

"엄마, 왜 이제 왔어. 보고 싶었잖아. 엉엉."

나는 깜짝 놀라 물었다.

"아니, 왜? 무슨 일 있었어?"

이야기인즉슨 엄마아빠가 보고 싶었지만 아직 영어가 서툴다보니 말도 못하고 울먹울먹 기다리기만 했다는 것이다. 다 같이 재미있자고 크루즈 여행을 온 건데 아이에게 무척 미안했다.

다음 날은 항구에 정박하지 않고 처음 떠났던 잭슨빌까지 부지런히 돌아오는 여정이다. 그날도 남편은 너른 캠핑장을 그리워하며 잠수함 같은 방 안에서 웅크리고 있었다.

"오늘이 마지막 날인데 방에만 그러고 있을 거야?"

"미안해. 힘들어서 도저히 못 일어나겠어."

나는 답답한 마음에 지호를 데리고 나갔다. 수영장에 올라가서 선베드에 누웠다. 아이와 함께 탁 트인 하늘을 바라봤다. 해가 저물어간다. 날이 맑아서 더 진하고 선명한 노을. 매일 이렇게 아름다운 석양이 지고 있었구나. 바다 위에서 지호와 진한 주홍빛 일몰을 본 것만으로도 이번 크루즈 여행에서 하나는 건진 것 같다.

나흘 밤이 지나고 드디어 육지에 도착했을 때, 남편은 비로소 안도의 한숨을 내쉬었다.

"휴, 이제 좀 살 것 같네."

처음 크루즈에 탈 때처럼 고된 기다림은 아니었지만, 또 한 번 미국으로의 입국 수속이 남았다. 그런데 처음과는 분위기가 180도 달라졌다. 왁자지껄한 웃음 대신 차분히 가라앉은 공기. 주위를 보니 크루즈에 함께 있던 사람들이 온데간데없다. 화려한 드레스와 우아한 헤어 컬은 사라지고, 다 늘어난 티셔츠와 허름한 청바지를 입은 이들이 트렁크 가방을 끌고 있는 게 아닌가. 마치 신데렐라의 마법이 풀리기라도 한 듯 말이다.

도저히 같은 사람들이라고 믿기 힘들 만큼 수수한 모습으로 바뀌었다. 그들의 모습은 동네 마트에서 바코드를 찍고 진열대를 정리하던, 쉬는 시간에 삼삼오오 모여서 수다 떨던 이웃들의 모습과 닮았다. 크루즈에서 한껏 화려한 파티를 만끽한 뒤, 다시 일상으로 돌아온 그들. 지치고 반복되는 날들을 떨쳐낼 새로운 이벤트를 늘

찾고 최선을 다해 즐기는 것이 그들만의 힘이 아니었을까.

그들은 하고 나는 못한 것, 과연 무얼까? 집으로 돌아오며 생각했다. 다시 한번 크루즈를 탈 기회가 생기면 좋겠다고. 다시 크루즈를 탄다면 나도 그들처럼 일상을 던져놓고 신나게 놀 수 있을 것 같았다. 하지만 그런 기회는 쉽게 또 오지 않았다.

그로부터 일 년 뒤, 지호는 프리스쿨을 다니며 미국 친구들과 이야기하는 게 꽤 익숙해졌다. 미국인 틈에서도 더 이상 낯설어하거나 두려워하지 않게 되었다. 남편도 경직되었던 긴장감을 조금은 내려놓고 미국생활을 즐기기 시작했다. 시간이 날 때마다 집 앞 뜰을 가꾸고, 캠핑장을 찾아보며 새로운 여행을 고민하는 여유를 누리고 있다. 나는 그때 크루즈에서 봤던 이들을 기억하며 항상 생각한다. 한 번뿐인 시간을 아깝게 보내지 않으리라. 비록 크루즈 여행은 그때뿐이었지만 평범한 미국인들이 인생을 즐기는 방식을 조금은 엿보고 온 것 같다. 그리고 아직 파티는 끝나지 않았다. 미국을 누비며 신나게 즐긴 우리만의 파티는 그때부터가 시작이었다.

06

시카고

시카고 피자처럼
끈적끈적한 블루스의 도시

십여 년 전 처음 미국에 갔을 때, 고풍스러우면서도 현대식 마천루가 즐비한 뉴욕의 거리를 걸으며 가슴 벅찼던 순간이 생생하다. 그런 뉴욕에 비해 시카고Chicago라는 대도시는 크게 호기심이 일지 않았다. 겨울에 칼바람이 분다는 혹독한 추위를 굳이 맞닥뜨리고 싶지 않았다. 심지어 시카고는 갱들의 도시가 아닌가. 미국 내에서도 총기 사고가 빈번히 발생하고 치안이 안 좋기로 소문난 곳이다. 시카고를 갈 바엔 뉴욕에 한 번 더 가겠다는 말이 절로 나왔다. 그러나 역시나 뜻하지 않은 대로 흘러가는 게 인생이다. 미국에서 사는 동안 시카고에 갈 기회가 두 번이나 생겼다.

시카고가 뉴욕보다 훨씬 나은 게 하나 있다면 바로 교통수단이다. 쥐가 나오고 고약한 냄새가 나는 뉴욕 지하철에 비해 시카고 지하철은 무척 넓고 쾌적하다. 시카고는 2위 도시라는 자부심이 무척 강한 곳이다. 뉴욕 다음의 금융도시, 워싱턴 D.C. 다음의 행정 도시로서의 자부심 말이다. 시카고는 1871년 대화재로 인해 도시가 폐허가 되고 두 번째로 지어져 지금의 모습이 되었다. 그렇기에 '두 번째'라는 의미에 애착이 큰 것 같다.

시카고의 무시무시한 칼바람을 피하기 위해 우리는 여름에 방문했다. 자동차로 인디애나 평원을 가로질러 도착한 시카고는 8월 말에도 선선한 바람이 불었다. 첫인상은 무척 깨끗했다. 건축의 도시답게 세련된 회색 도시다. 시카고의 빌딩들은 폭이 넓고 높다. 인도도 매우 널찍해서 유모차를 밀고 다니기에 불편함이 전혀 없다.

시카고에는 도시를 관광하기 위해 자동차가 아닌 배를 타고 돌아보는 건축 유람선이 유명하다. 아키텍처 크루즈Architecture Cruise는 시카고 운하를 지나 미시간호까지 한 바퀴 돌아보는 코스다. 지호는 배를 탄다고 하니 엄청 기대하는 눈치다.

유람선이 출발하자 2층 좌석의 뻥 뚫린 머리 위로 시카고의 빌딩 숲이 지나갔다. 배에서 맞는 바람은 제법 거셌지만 다행히 햇살은 아직 여름이다.

가이드가 열심히 건축물을 설명하는 동안 남편은 미시간호라

적힌 컵에 생맥주를 받아왔다. 시카고에서 처음 맛보는 IPA는 농도가 진했다. 인간의 욕망처럼 높고 거대한 빌딩들을 바라봤다. 번쩍거리는 트럼프 타워의 외벽에 파란하늘이 비친다. 옥수수를 닮은 원통형 빌딩도 이색적인 건축물이다.

미시간호의 수문이 열리자 유람선이 깊고 넓은 호수 위로 나아갔다. 시카고의 스카이라인이 한눈에 들어온다. 어떤 도시보다도 볼륨감이 있다. 건축에 대해 잘 몰라도 둥실둥실 떠 있는 유람선 관광을 즐기는 것만으로 충분히 즐거웠다.

시카고에서는 지호도 좋아할 만한 몇 가지 요소가 있었다. 먼저 거리 곳곳에 서 있던 셰퍼드 경찰견 동상이다. 시카고 시내에 200개가 세워져 있는데, 저마다 화사한 색상으로 시카고의 느낌을 담았다. 〈포패트롤〉 애니메이션을 좋아하는 지호는 강아지 동상을 만날 때마다 쓰다듬으며 반가워했다.

밀레니얼 공원에서는 분수대에서 신나게 놀았다. 대로변에 있는 밀레니얼 공원은 주말을 즐기러 온 사람들로 붐볐다. 그곳에 있는 분수대는 특이하게도 비디오 전광판으로 제작되어 있다. 약 70미터 크기의 전광판에 세계 각국 다양한 인종의 얼굴이 나타나 여러 가지 표정을 짓는다. 화면 속 얼굴이 어느 순간 눈을 감고 입을 동그랗게 모으면, 입속에서 물줄기가 뻗어 나온다.

화면 속 얼굴이 여러 번 바뀌는 동안 지호는 쉴 새 없이 뛰어다

넀다. 아이들에게 피부색과 언어는 아무런 장애물이 되지 못한다. 함께 뛰던 아이들과 무리를 지어 어느새 친구가 되었다.

"엄마도 같이 가."

지호가 벤치에 앉아 있던 내 손을 잡아끌었다. 운동화와 양말을 벗고 분수대 안으로 따라 들어갔다. 미끄러질까 봐 조심조심 발을 뗐다. 앞으로 다가가니 전광판이 탁 트인 하늘만큼 거대해 보인다. 도심 속 사람들에게 휴식을 선사하는 유쾌한 작품이다.

물놀이로 흠뻑 젖은 지호의 옷을 갈아입히고 공원 위쪽으로 올라갔다. 거대한 볼록렌즈 같은 조형물이 나타났다. 클라우드 게이

트Cloud Gate라고 불리는 작품인데 무게가 무려 110톤에 달한다. 강낭콩을 닮은 둥그런 조형물 속에 시카고의 빌딩들이 찌그러진 모습으로 담겨 있다. 인파를 뚫고 가까이 다가갔다. 반듯반듯한 건물과 사람들이 한데 왜곡되어 조형물에 비친다. 옆에서는 댄스파티가 열리고 있다. 지호는 아빠와 손을 잡고 왈츠 스텝을 밟으며 주말의 오후를 즐겼다.

시카고는 볼거리 못지않게 맛있는 먹거리가 많은 곳이다. 이름만으로도 유명한 시카고 피자. 우리가 간 〈말나티스〉 레스토랑은 관광객이 무척 많이 몰리는 맛집이다. 지중해식 샐러드를 먼저 맛

봤다. 그동안 먹어왔던 상큼하고 삼삼한 샐러드와는 달리 앤초비
와 고타치즈가 한데 섞여 짭쪼름했다. 샐러드에 이어 뜨거운 팬에
담긴 시카고 피자가 나왔다. 크기는 작지만 두툼하고 속이 치즈로
꽉 차 있다. 지호가 피자를 포크로 뜨자 치즈가 머리 위까지 늘어났
다. 한입 베어 무니 부드럽고 고소한 치즈 맛이 입안 가득 퍼졌다.

　시카고는 블루스의 도시다. 시카고에 왔으니 블루스 공연을 안
보고 갈 수가 없다. 블루스는 재즈와는 또 다른 깊은 그루브와 끈적
끈적한 매력이 있다. 하지만 우리가 갈 만한 곳을 찾기가 쉽지 않았
다. 시카고의 재즈 바는 대부분 만20세 이상만 출입이 가능하기 때

문이다. 지호를 데리고 온 가족이 함께 갈 수 있는 바가 없을까? 블루스 바를 찾아 전철을 타고 한적한 동네에 내렸다. 어두운 밤길을 유모차를 밀고가는데 날카로운 사이렌 소리가 울린다. 블루스 바에 도착하니, 정장을 입고 있는 차가운 인상의 사람들이 보인다. 갱단 두목 알 카포네가 단골로 찾던 유명한 바다. 그곳 역시 어린아이는 보호자가 동반해도 입장할 수 없다고 해서 돌아왔다.

인터넷을 검색한 끝에 아이를 데려갈 수 있는 재즈 바를 한 곳 찾아냈다. 1947년부터 문을 연 유서 깊은 재즈 바인 〈재즈 쇼케이스〉. 색소폰이 그려진 간판을 보고 계단을 올라갔다. 어두운 조명

아래 앙상하게 마른 백인 할아버지가 카운터에 앉아 있다. 그는 시카고 컵스 야구중계를 보고 있었다. 작은 브라운관 TV에서 새어나오는 불빛이 이따금 그의 얼굴을 비춘다. 깊게 파인 주름들이 벽에 걸린 낡은 액자와 함께 그곳의 오랜 역사를 보여주는 듯하다.

"사진 한 장 찍어도 될까요?"

"그럼요. 내 쭈글쭈글한 얼굴만 빼고 다 찍어도 됩니다."

홀은 어두웠다. 널찍한 무대와 동그란 테이블, 그 위에 놓인 양초들의 클래식한 분위기가 무척 마음에 들었다. 무대에 악기들이 가지런히 놓여 있다. 사람들이 하나둘씩 들어와서 악기를 들었다. 리더는 트럼펫을 목에 건 흑인이다. 50대로 보이는 그는 하얀 양복을 입고, 살짝 기른 단발머리를 기름칠로 쫙 넘기고 있다. 예사롭지 않은 포스다. 뉴올리언스에서 봤던 담백한 연주자들과는 확연히 다르다.

연주가 시작됐다. 그들은 언어를 전혀 사용하지 않고 오로지 비트와 멜로디로만 소통했다. 리더가 테마를 시작하면 드럼과 피아노가 자연스레 따라서 들어왔다. 피아노와 드럼, 베이스가 솔로 연주를 하는 동안 트럼펫 주자는 몸으로 리듬을 타며 와인도 한 잔 마시고, 옆 테이블의 지인들과 웃고 떠드는 여유를 부렸다. 그러는 동안에도 그의 몸은 쉬지 않고 계속 흔들흔들 박자를 세다가 언제든 정확한 지점으로 되돌아왔다. 무엇보다 그가 연주하는 멜로디 라

해질녘 존 행콕 센터 전망대에서 바라본 시카고.

인은 간드러지게 멋졌다. 빠른 템포에는 그의 몸도 빠르게 흔들거렸고, 느린 곡에서는 예상치 못한 멜로디로 감정을 고조시켰다. 한 번씩 그의 트럼펫이 아름다운 고음을 찍는 순간, 피아노 주자의 미간처럼 내 미간에도 주름이 잡혔다.

모든 일정을 마치고 여정을 마무리하기 위해 존 핸콕 센터John Hancock Center의 전망대에 올랐다. 보안 검색대를 지나 엘리베이터를 탔다. 94층에 내리니 사방이 통유리로 둘러싸인 테라스가 나타났다. 창문에 붙어서 카메라를 들고 있는 사람들, 술병을 쌓아놓고 떠들썩하게 밤을 즐기는 사람들이 보인다.

동그란 테이블이 있는 창가로 갔다. 해가 서서히 지며 지면에서부터 붉은 빛이 올라왔다. 지호는 투명한 창문 너머로 반짝이는 별을 보듯이 도시의 불빛을 바라봤다. 화려한 야경은 언제나 마음을 설레게 한다. 하나둘 불빛이 더해지며 밤의 환상적인 스카이라인이 완성된다. 시카고 피자처럼 끈적끈적한 블루스 선율을 들으며 짙푸른 미시간호를 닮은 IPA를 입안에 머금었다. 무심하게 머문 모든 순간이 멋스럽게 바뀌어갔다. 그렇게 또 하나의 매력적인 도시가 마음속에 자리잡았다.

짧지만 강렬했던
'마일 하이'의 추억

"콜로라도는 '마일 하이'라고 해서 고도가 1마일이 높아요. 고산병이 올지도 모르죠. 길을 달리는 동안 계속 붉은 토양이 나타나는 이국적인 곳이에요."

오랫동안 만났어도 희미하게 기억되는 사람이 있는가 하면, 짧은 만남에도 강렬한 인상을 주는 사람이 있다. 콜로라도Colorado는 그런 곳이다. 여행을 가기 전 교민 분들로부터 콜로라도에 대한 이야기를 들으며 매력적이고 신비한 붉은 땅을 떠올렸다. 예상대로 콜로라도와의 첫 만남은 매우 인상적이었다. 지독한 신고식을 거쳐야만 했으니 말이다.

콜로라도의 주도인 덴버는 해발 1마일, 약 1,600미터 높이에 있다. 콜로라도는 미국 중서부의 여러 관광지 중에서도 특히 이색적인 자연 경관이 있는 곳이다. 여름에는 로키마운틴이나 옐로스톤 Yellowstone에 가기 위해, 겨울에는 스키를 타거나 온천을 즐기기 위해 많은 사람들이 몰린다.

두 번째 여름이 시작되던 6월 말, 옐로스톤으로 가기 위해 덴버 공항으로 갔다. 그리고 렌터카를 빌려 곧바로 로키마운틴 국립공원으로 향했다. 말로만 듣던 로키마운틴에 올라가다니 어떤 모습일까? 고불고불한 고개를 한참 올라갔다. 올라가는 길에 지호가 즐겨 먹는 간식인 과일젤리 봉지가 빵빵하게 부풀었다. 고도가 높아지며 기압 차가 발생하는 것이다. 하늘이 흐려지더니 구름 떼가 걸렸다. 해도 서서히 내려갈 채비를 하고 있다.

길에 자동차가 몇 대 정차해 있는 게 보였다.

"야생동물이 있는 것 같아."

남편의 말대로 조금 더 가보니 엘크가 나타났다.

"우아 사슴이다!"

지호는 사슴이 나타났다며 좋아했다. 창밖을 보니 눈 덮인 산맥을 배경으로 멋진 뿔을 자랑하는 엘크들이 누런 풀을 뜯어먹고 있다. 엘크는 동물원에서 보던 사슴과는 조금 다른 모습이다. 몸집이 더 크고 뿔이 굵다. 엉덩이에는 흰 털이 뽀송뽀송하게 나 있다. 엘

크 떼가 있는 곳은 큰 나무 대신 풀로 뒤덮여 있다. 어릴 적 교과서에서 배웠던 툰드라 지대다.

조금 더 올라가서 알파인 비지터 센터 주차장에 도착했다. 이곳은 해발 3,600미터, 미국에서 가장 높은 곳에 위치한 비지터 센터다. 주차장에서도 이미 진을 치고 있는 엘크들을 조심조심 피해 차를 세웠다.

공항에서부터 반팔을 입고 왔는데, 밖에 나오니 패딩점퍼가 필요한 기온이다. 눈이 내 키보다 더 높이 쌓여 벽을 이루고 있다. 언제 내린 눈일까? 눈 구경도 잠시, 컨디션이 급속도로 나빠지기 시작했다. 머리가 부서질 듯 아파왔다. 이게 고산병인가? 처음 겪는

고통이다. 눈앞에 멋진 경치가 펼쳐져 있지만 더 이상 감상할 여건이 못 됐다. 다행히 남편과 지호는 고산병 증세가 전혀 나타나지 않았다. 로키마운틴을 내려와 에스테스 파크Estes Park에 위치한 캠핑장의 통나무집 캐빈에 묵었다. 나는 상비약으로 가져온 두통약을 먹고 곧바로 잠이 들었다.

다음 날 아침, 침낭 밖으로 나와 아직 어질어질한 머리로 문을 열었다. 아, 눈부시게 선명한 하늘! 고도가 높다는 건 우주와 가까이 있다는 걸 비로소 깨달았다. 하늘이 이렇게 맑고 쾌청할 수가 없다. 한여름의 공기가 더없이 선선하다. 사각거리는 바람이 폐로 쑥 들어온다. 지호는 캠핑장 놀이터에서 고산지대의 청정한 자연을 마음껏 즐기며 뛰어다녔다.

늦은 아침을 챙겨 먹고 에스테스 파크의 다운타운으로 나갔다. 하늘에 가까이 다가가서인지 여느 도시보다 햇빛이 눈부셨다. 인파에 휩쓸려 가게들을 구경하며 시간을 보냈다. 서점에는 로키마운틴에 대한 동화책들이 전시돼 있다. 미국에서는 어느 관광지를 가든 그 관광지에 대한 정보성 책들을 물론, 아이들을 위한 동화책, 컬러링북 등을 판다. 인상 깊은 도시에서는 아이에게 사줄 만한 기념품이 된다.

짧은 거리를 돌아보는 중에도 여전히 머리가 아프고, 숨이 차는 듯하다. 이렇게 멋진 곳인데, 나는 도저히 안 되겠다며 '마일 하이'

의 위력에 손사래를 쳤다. 덴버를 벗어나니 두통도 서서히 사라졌다. 며칠 후 다시 콜로라도로 돌아왔을 때는 더 이상 고산병이 나타나지 않았다. 비로소 워밍업을 끝내고 콜로라도의 매력을 제대로 느낄 기회를 얻었다.

'콜로라도'라는 이름은 스페인어로 '붉다'는 뜻이다. 다시 만난 콜로라도는 붉은 황토에서 짙은 대지의 기운을 자아내고 있었다. 아름다움이 극에 달해 '신들의 정원Garden of the Gods'이라 이름 붙여진 거친 바위산에 올랐다. 콜로라도 특유의 붉은 황토 암석이 병풍처럼 둘러싸여 있다. 높이 솟아난 붉은 암석들은 바다 밑에 있던 바위가 올라와 풍화작용을 거친 것이다. 바람의 손길 때문인지 암석들은 때로는 거칠고 때로는 부드럽게, 캔버스의 붓 터치가 그대로 살아 있는 것처럼 보였다.

"여기에서 좀 더 구경하고 가면 좋겠다."

신들의 정원에 잠시 멈춰 경치를 감상하고 싶어서 캠핑의자를 차에서 꺼냈다. 주차장 한켠이었지만 탁 트인 전망이 훌륭했다. 지호는 망원경을 손에 쥐고 두 눈에 갖다댔다. 혹시 야생동물을 만나지는 않을까 사방으로 고개를 돌렸다. 남편과 나는 캠핑의자에 나란히 앉아 자연이 만들어낸 최고의 경치를 내려다봤다. 잠시 신들 부럽지 않은 호사를 누렸다.

붉은 황토가 덮인 산을 벗어나 마니토 스프링스Manitou Springs라

는 작은 마을에 도착했다. 푸른 숲과 어우러진 예쁜 건물과 수공예품점이 즐비한 거리가 나타났다. 예술가의 마을처럼 알록달록 다채롭다. 마을에는 천연 광천수를 마실 수 있는 곳이 몇 군데 있다. 그중 한 곳인 쇼쇼니 스프링을 발견했다. 돌벽을 타고 졸졸졸 물이 흘러내린다. 지호는 맛이 이상하다며 혓바닥을 낼름 내밀더니, 이내 홀짝홀짝 들이켰다.

정열적인 붉은 토양과 쨍하던 햇살, 신선한 공기를 거스르던 고산병의 기억. 콜로라도의 톡 쏘는 첫인상도 목 넘김이 부드러웠던 광천수처럼 어느새 온화하게 바뀌어 있었다. 한여름에도 키만큼 쌓여 있던 눈, 아기자기한 예술의 거리, 저마다의 개성이 분명했던 풍경이 모두 콜로라도였다. 겨울에는 눈 덮인 스키장이 붐비고, 봄가을에는 향기로운 꽃과 멋진 단풍으로 가득찰 것이다. 그때의 콜로라도는 또 어떤 얼굴일까? 늘 이야깃거리가 풍성한 사람처럼 다음 번 만남이 기다려진다.

한여름의
혹한기 훈련

"초록색 사막 같아."

사우스다코다에서 와이오밍을 가로질러 옐로스톤으로 가는 길. 나는 창밖을 내다보며 건조하게 말했다. 윈도우 바탕화면에서나 볼 법한 풍경이 오랫동안 이어지고 있었다. 끝도 없이 펼쳐진 초록 땅과 파란 하늘. 하늘에는 하얀 구름이 듬성듬성 예쁜장하게 떠올라 있다. 얼핏 보면 전형적인 풍경이지만 볼수록 생기가 없는 초록이다. 이렇게 지루한 녹색이라니…… 눈앞에 펼쳐진 평화로움을 못 견뎌하던 그때만 해도 앞으로 어떤 여행을 하게 될지 전혀 예측할 수 없었다.

미국에 와서 우리처럼 연수를 하고 가는 한국 사람들을 만나면 여행 이야기를 많이 나눈다. 대부분 아이들을 학교에 보내느라 방학 외에는 시간이 나지 않지만, 뉴욕과 나이아가라 폭포까지 올라가는 동북부 여행과 서부의 장거리 여행은 꼭 해보고 간다. 다녀본 곳 중 어디가 제일 좋았냐고 물어보면 저마다 대답은 똑같았다. 바로 옐로스톤 국립공원이다.

미국의 북서부에 있는 미국 1호 국립공원인 옐로스톤은 미국인들도 가기 쉽지 않은 곳이다. 잘 알려진 도시가 있는 유타나 콜로라도주에서 한참을 더 들어가야 한다. 겨울철에는 눈이 녹지 않아 10월부터 이듬해 5월까지 반 이상의 길이 통제된다. 경기도만한 면적이 자연 그대로 보존된 야생 지역이나 다름없다. 그런 옐로스톤이 모든 이들이 꿈꾸는 여행지인 이유는 무엇일까? 누군가는 땅속에서 부글부글 끓어오르는 온천수를 보는 재미가 있다고 하고, 누군가는 곰을 꼭 보고와야 한다고 말했다. 이야기만 들어서는 어떤 곳인지 잘 와닿지가 않았다. 한 번은 가봐야겠다. 미국에서 맞는 두 번째 여름에는 무조건 옐로스톤에 가기로 점찍어 뒀다.

노스캐롤라이나에서 비행기를 타고 출발하기로 했다. 옐로스톤은 와이오밍, 몬태나, 아이다호 3개 주에 걸쳐 있는데 우리는 콜로라도 덴버 공항에 내려서 와이오밍을 통해 들어간다. 이번에도 우리의 선택은 캠핑. 커다란 이민가방에 텐트와 코펠, 버너 등 각종

캠핑 장비를 챙기고 나머지 짐은 큰 트렁크 가방 두 개에 꽉꽉 채웠다. 한여름에도 춥다는 지역에 가니 반팔부터 패딩까지 모든 계절의 옷을 다 챙겨 넣었다.

콜로라도와 사우스다코다를 지나 와이오밍주로 진입한 첫날, 휴게소에 잠시 들렀다. 설레는 마음 위로 산뜻한 바람이 불어왔다.

"앗, 고양이다!"

지호가 휴게소 들판을 뛰어다니다가 고양이를 발견했다. 누군가 까만 고양이에 목줄을 메고 산책 중이다. 고양이와의 여행이라니 정말 드문 광경이다. 냥이를 길에 끌고다니는 대범한 집사는 부모님을 모시고 텍사스에서 알래스카까지 여행하는 중이라고 했다.

커다란 트럭에 캠핑 트레일러를 연결해 끌고다닌다. 우리도 홀가분히 집을 떠나와 있는 입장이지만, 때로는 다른 여행객들에게서 더 큰 자유를 배운다. 다음에는 우리도 다같이 가볼까? 냥이들과 미국을 횡단할 용기를 그때 처음 얻었다.

옐로스톤에 들어가기 전 그랜드티턴Grand Teton 국립공원의 잭슨 호수에 들렀다. 좁은 흙길을 따라 걷자 눈 덮인 산맥으로 둘러싸인 파란 호수가 나타났다. 하늘에 구름이 많아서 그랜드티턴의 뾰족한 산봉우리 끝이 뭉툭하게 가려졌다. 호수를 나와 도로를 달리니, 우뚝 솟은 산들이 점점 더 가까워졌다. 구름 때문에 채도를 잃은 초록 풀밭에 듬성듬성 들꽃들이 보인다. 추위 속에 피어 있는 꽃이라 그런지 그 아름다움이 애틋하게 느껴졌다.

곧 옐로스톤 국립공원 표지판이 나타났다. 우리가 타고 있는 SUV를 모기떼가 에워쌌다. 여름이면 모기밥이 되기 일쑤인 나는 무섭게 달려드는 모기떼에 주춤거렸다. 휴대폰은 일찌감치 안테나가 끊겼다. 이게 말로만 듣던 옐로스톤이구나. 야생의 시작이다.

옐로스톤은 수십만 년 전 화산 폭발로 만들어진 곳이다. 지금도 마그마가 땅속 5킬로미터 깊이에 흐른다. 땅 위에는 1만 여 개의 간헐천과 온천을 볼 수 있다. '옐로스톤'이란 이름도 온천수가 흘러 바위가 노랗게 변해서 붙여졌다. 옐로스톤의 크고 작은 간헐천은 저마다 이름이 있다.

첫 번째로 본 간헐천은 블랙 풀. 간헐천 지역에 들어오니 따스한 바람이 불어왔다. 쌀쌀한 기운에 뻣뻣해졌던 얼굴이 스르르 녹는다. 조그만 간헐천들을 지나 블랙 풀에 다다랐다. 흰 수증기가 바람을 타고와 커다란 손짓으로 인사한다. 가까이서 보니 물이 생각보다 맑고 깊었다. 바위가 녹아 누르스름하게 변한 곳들 사이로 검푸른 심연이 느껴졌다. 지구의 가장 깊은 곳에서부터 올라오는 열기가 훈훈하게 우리를 감쌌다.

창밖에 보이는 풍경이 옐로스톤처럼 노랗게 물들어간다. 노란 노을과 뿌연 수증기를 배경으로 사람들의 검은 실루엣이 마치 그림자 연극처럼 신비롭게 보였다. 눈으로 느껴지는 온기를 뒤로 하고 차가워진 캠핑장에 도착했다.

옐로스톤에 오기 전에 숙소를 어디로 정할지 고민을 많이 했다. 여러 숙소를 살펴보다가 공원 내 캠핑장을 이용하기로 결정했다. 옐로스톤 안에서 머물며 돌아보기에 최상의 위치에 있기 때문이다. 문제는 그 캠핑장이 전기도 물도 없이 오직 텐트를 펼칠 자리만 있다는 점이다. 전기를 못 쓰니 밤새 추위가 걱정이다. 6월 말이면 한 여름인데도 옐로스톤 캠핑장에는 녹지 않은 눈 더미가 곳곳에 남아 있다. 같은 날 노스캐롤라이나에서는 수은주가 섭씨 30도를 채워가고 있는데 말이다.

이번 캠핑이 힘들 수밖에 없는 또 다른 이유는 캠핑의자와 테이

그랜드티턴

블, 전기장판, 전기밥솥 같은 캠핑 장비를 가져오지 못했다는 점이다. 전기를 못 쓰는 데다가 비행기로 가져올 수 있는 짐의 양이 한정되어 있기 때문이다. 캠핑은 무엇보다 장비가 중요한데, 슈트를 집에 두고온 슈퍼히어로처럼, 자신있게 전장(?)에 나설 용기가 사그라들었다.

캠핑장에 돌아오니 낮 동안 가볍게 입고 다닌 옷자락 사이로 추위가 파고들었다. 스티로폼으로 만든 간이식 아이스박스 안팎의 온도가 별반 차이가 없다. 날이 어둑하니 이마에 밴드형 미니 플래시를 붙이고 삼겹살을 구웠다. 코펠로 밥을 안치고 뜸이 들기를 기다렸다. 김치찌개가 보글보글 끓는다.

급격히 떨어지는 기온에 저녁 식탁의 따스한 온기가 빠르게 식어갔다. 주위는 이미 깜깜하다. 옆 텐트에 들어온 이들은 벌써 이른 잠을 청하는 듯했다. 남편은 캠핑장에 들어올 때 산 땔감을 꺼내 모닥불을 지폈다.

"땔감 한 묶음으로는 부족할지도 모르겠어."

남편은 플래시를 들고 비어 있는 텐트 사이트에서 사람들이 버리고간 나뭇가지를 주워 와 땔감에 보탰다. 빨간 불꽃에 손과 발을 쬐고 캔 맥주를 하나 꺼냈다.

"오늘 밤 얼어 죽더라도 이 맛에 캠핑하는 거지."

지호는 모닥불에 나뭇가지를 던지며 마시멜로를 맛있게 구워

먹었다. 화장실을 가려고 지호와 손을 잡고 숲길을 걸었다. 하늘을 보니 키 큰 나무 사이로 별이 쏟아져내린다.

캠프파이어를 끝내고 이제 텐트로 들어갈 시간. 텐트 안에 방한 텐트를 겹쳐서 폈지만 냉랭한 공기가 가득하다. 뜨끈한 전기장판이 그립다. 지호가 걱정되어 긴팔 내복 위에 한겨울에 입는 폴라폴리스 점퍼를 입히고, 두터운 오리털 패딩도 입혔다. 옷을 겹겹이 껴입어 중무장을 하고 오리털 침낭 속으로 들어갔다.

다음 날 아침, 밤새 어떻게 잠을 이뤘나 모르겠다. 그렇게 추운 밤이 또 있을까? 뒤척이고 또 뒤척였지만, 내 체온 외에는 온기를 느낄 만한 게 없었다. 침낭 안이 갑갑하다고 몇 번이고 침낭 밖으로 탈출한 지호의 손이 얼음장처럼 차가웠다. 그래도 아침은 언제나 우리 편이다. 해는 떠오르고 야생의 환경에서도 다 살아가는 방법이 있다.

"그래도 우리 이 추위에 살아남았네."

남편이 푸석한 얼굴로 모닥불을 지피며 말했다. 지호도 모닥불에 나뭇가지를 던지며 불을 쬐었다. 모닥불을 지피고 온 가족이 함께 캠핑장 안에 있는 샤워장으로 갔다. 샤워장에 가면 뜨거운 물을 쓸 수 있기 때문이다. 미국의 국립공원에서는 대개 환경 보호를 위해 온수 사용을 제한한다. 대신 숙박객들에게 하루에 한 번 샤워장을 쓸 수 있는 쿠폰을 준다. 샤워장에서 뜨거운 물로 몸을 녹이니 살 것 같다. 텐트로 돌아오니 모기 떼들도 살 만해졌는지 다시금 달려들기 시작했다.

밖으로 나서자 아침부터 길이 꽉 막혔다. 옐로스톤 안의 도로는 8자 모양으로 가는 길이 뻔하기 때문에 돌아갈 길도 없다. 하늘도 쨍한데 앞으로 나아가지 못하니 답답했다. 무슨 일이지? 한참을 엉금엉금 가다가 그 이유를 알았다. 교통체증의 원인은 바로 바이슨이다. 바이슨 떼가 길을 지나느라 차들이 멈춰 서서 기다려주고 있는 것이다.

사람들은 차창 밖으로 휴대폰을 꺼내 사진을 찍기 바빴다. 바이슨은 거대한 덩치를 뽐내며 카메라 세례가 익숙한 듯 무심히 지나

간다. 오래전 동물원에서 본 바이슨은 오물로 뒤엉킨 털을 덮어쓰고 섬뜩하게 우리를 바라봤다. 그러나 옐로스톤에서 만난 바이슨은 차들을 홍해처럼 가르며 누구보다 자유롭게 런웨이 쇼를 펼쳤다. 이게 바로 바이슨의 참모습이구나.

옐로스톤은 야생동물의 천국이다. 옐로스톤에는 곰, 늑대, 엘크, 바이슨, 코요테 등 수많은 야생동물이 살고 있다고 한다. 낮에는 바이슨을 보고, 해질녘에는 사슴 떼를 만났다. 이번 여행은 지호에게 야생동물을 보여주기 위한 천연동물원으로서의 의미도 크다. 미국의 다른 지역을 여행하면서도 야생동물을 볼 기회가 많다. 하지만 옐로스톤처럼 코앞에서 가까이 구경할 곳은 드물다.

야생동물이 자주 출몰하기에 주의 푯말도 곳곳에서 볼 수 있다. 캠핑장에서 남은 음식은 밖에 꺼내놓으면 안 된다. 야생동물이 와서 쓰레기를 헤집지 못하게 쓰레기통도 철문으로 여닫게 해놨다. 바이슨이나 엘크가 나타나더라도 너무 가까이에서 인증샷을 찍으면 위험하다는 주의도 자주 눈에 띈다. 사람들이 전설처럼 말하는 곰을 진짜 만난다면 반가워해야 할까, 도망쳐야 할까?

가장 예뻤던 간헐천인 모닝글로리를 보러 가던 산길에서 실제로 곰의 흔적을 목격했다. 모닝글로리를 보러 산길을 한참 걸어가야 한다는 남편의 말에 나와 지호는 모자를 쓰고 운동화 끈을 고쳐 묶고 길을 나섰다. 가다보니 진흙 위에 독특한 발자국이 여럿 눈에

띄었다. 사람 발자국보다 크기가 약간 크고 동글넓적하다. 바로 곰 발자국이다. 지호는 곰발자국에 자기 발을 대보며 신기해했다. 곰 이 나타날지도 모르니 주의하라는 표지판도 보인다. 인적이 드문 이 길에 곰이 나타날 수도 있다고 생각하니 겁이 났다.

다행인지 불행인지 곰은 나타나지 않았다. 한 시간 가량 산길 을 올라 모닝글로리에 도착했다. 생각보다 자그마한 간헐천이었 다. 가장 얕은 곳부터 바닥이 보이지 않는 깊은 곳까지, 빨주노초파 남보의 무지갯빛이 영롱하게 펼쳐졌다. 화려한 색상의 독버섯처 럼, 아름다운 모습 속에서 치명적인 열기를 감추고 있는 듯하다. 김 이 모락모락 나는 호수 가장자리에는 꽃들이 다정하게 피어 있다. 지호를 옆에 세워놓고 사진을 찍었다. 프레임 안에 이름 모를 들꽃 옆, 꽃 한 송이가 더해졌다.

옐로스톤에는 간헐천만 있는 게 아니다. 지구에서 보기 힘든 희 귀한 풍경을 종종 만난다. 지나가다 푸른 들판이 크고 멋져서 차를 세워 내렸다. 칼바람이 순식간에 머리카락을 흐트러뜨렸다. 그리 고 서서히 해가 저물어갔다. 하늘은 어느 때보다 붉고, 강은 파랗 게 가라앉았다. 자연 그대로의 일몰이 보여주는 극명한 대조가 눈 길을 사로잡는다. 위태롭게 길을 건너던 사슴도, 이름 모를 새들도, 때때로 솟구치는 뜨거운 물줄기도……. 그 순간 시간이 멈춘 듯 모 든 게 고요했다.

길었던 하루가 또 지나고, 캠핑장에 돌아와 빨간 불꽃이 춤추는 모닥불을 하염없이 바라봤다. 신기하게도 모닥불은 아무리 오랫동안 보고 있어도 지루하지가 않다. 그렇게 말없이 불꽃만 바라본 채 한참을 앉아 있어도 아쉽지 않다. 그거면 됐다.

역시나 추운 밤을 보내고 다음 날 아침, 우리는 하루를 앞당겨 옐로스톤을 떠났다. 추위에 비 예보까지 있어 더 이상 그곳에서 머물기는 힘들다고 판단했기 때문이다. 그래도 이틀간 힘들게 캠핑하며 간헐천과 폭포, 야생동물 등 원하던 볼거리를 다 봤으니 여한이 없다. 옐로스톤을 벗어나니 비로소 휴대폰이 터진다. 기온이 서서히 올라간다. 야생의 환경 속에서 꽁꽁 얼었던 우리의 긴장도 이내 풀어졌다.

그날밤 와이오밍의 뒤보아 캠핑장에 갔다. 그곳은 직원들도 친절하고, 야생동물의 크고 작은 조형물이 있어 독특한 곳이다. 무엇보다 안락한 캐빈이 있어 만족스럽다. 우리는 테라스에 테이블이 놓여 있는 작은 통나무집에 묵었다. 비록 화장실이 딸려 있지는 않지만, 침대가 있고, 매서운 바람을 막아주기에 충분한 튼튼한 벽이 있다. 전기와 물은 물론 실내 수영장까지 쓸 수 있는 사치스러운 공간이다. 옐로스톤에 있었다면 또 한 번 산짐승들과 함께 야생 버라이어티를 찍고 있을 시각에 하룻밤에 60달러짜리 캐빈의 테라스에 앉아 여유롭게 별을 바라봤다. 혹독한 고생을 겪고서야 진짜 아

아늑한 통나무집만으로도 만족스러웠던 뒤보아 캠핑장.

늑함이 무엇인지를 알게 됐다.

미국에 와서 맞이한 가을, 비 내리는 와중에 모기에 뜯겨가며 힘겹게 텐트를 치던 첫 캠핑이 떠오른다. 한국에서 한 번도 못해본 캠핑을 그렇게 미국에서 시작했다. 값비싼 장비나 지식 없이 참 용감하게 뛰어들었다.

옐로스톤에서 살아(?) 돌아오니 어느덧 '캠알못(캠핑을 알지 못하는 사람)'을 벗어난 지 8개월째. 한여름에 가장 추웠던 옐로스톤에서 이틀 밤이나 견딘 우리의 경험은 무용담이 됐다. 어느 곳에 여행을 가든 "옐로스톤에서도 잤는데 뭘"이라며 한 단계 진화된 전투력을 자랑한다. 행복감만큼 고생길도 동반되는 캠핑의 매력. 때로는 비를 맞고 추위에 떨면서도 캠핑을 즐기게 됐다. 옐로스톤에서의 캠핑은 생생한 자연을 가까이에서 보고, 야생의 환경에서 먹고 자는 리얼 캠핑의 진수를 겪게 해준 경험이라 더욱 특별했다. 그렇게 때 아닌 혹한기 훈련은 성공적으로 마침표를 찍었다.

09

캐나다 밴프

눈의 여왕에 사로잡힌
첫 캠핑카 여행

한번쯤 캠핑카를 타고 떠나는 로망을 갖고 있었다. 미국에서 여행을 다니면 캠핑카나 캠핑 트레일러를 자주 본다. 집채만한 캠핑카를 타고 다니는 사람들은 대개 여유로워 보이는 백인 노인들이었다. 그들은 차 안에 설치된 커다란 위성 TV로 스포츠 중계를 보고, 아침에는 개를 데리고 산책시키며 집보다 더 우아하게 생활한다. 우리도 캠핑카를 빌려서 다녀볼까? 사실 캠핑카를 빌리면 렌트비와 주유비도 비싸고 운전하기에도 까다롭다. 좁고 혼잡한 관광지에서는 캠핑카 출입을 막는 경우가 많기 때문에 기동성에 제한이 많다. 그래도 드넓은 미국에서 아니면 언제 캠핑카 여행을 해보랴. 남편은 오랫동안 크루즈 아메리카 사이트를 클릭하다가 첫 캠핑카 여행을 캐나다 밴프로 정했다.

캐나다 최초의 국립공원 밴프Banff와 그곳에서 4시간 정도 떨어진 재스퍼Jasper는 대표적인 관광지다. 로키마운틴의 동쪽 가장자리를 따라 호수와 산, 빙하, 야생동물 등 천연의 대자연을 만날 수 있다. 밴프는 추운 날씨 때문에 6월 이후 8월까지가 성수기다. 우리는 그보다 조금 이른 5월에 5박 6일의 일정을 잡았다. 캠핑카를 조금이라도 저렴하게 빌릴 수 있기 때문이다. 혹여나 춥지는 않을까? 걱정이 됐지만 5월 말은 노스캐롤라이나에서도 야외 수영장이 일제히 개장하며 여름을 알리는 시기다.

드디어 여행 출발일, 짐을 이끌고 공항에 도착해 검색대를 지나는데 예약해놓은 비행편이 취소되었다는 메일이 왔다. 미국에서 캐나다는 동네 하나 건너가듯 매우 수월하다고 알고 있었는데 생각보다 험난한 시작이었다. 지루한 기다림 끝에 캐나다 캘거리에 도착했다. 집 떠난 지 17시간 만이다.

호텔에서 하룻밤 쉬고 다음 날 캠핑카를 받으러 갔다. 우리가 빌린 캠핑카는 5인승이다. 집처럼 아늑한 캠핑카를 타고 지호도 나도 아이처럼 좋아했다. 아무 데나 정차해 가스레인지로 음식을 해먹고, 캠핑장에 도착하면 물과 전기만 연결해서 바로 저녁을 준비할 수 있기 때문에 시간이 절약된다. 무엇보다 화장실이 있어 편하다.

줍지만 샤워도 가능하다. 지호는 캠핑장에 머물 때는 침대에서 뒹굴뒹굴하고 캠핑카가 달리는 동안에는 테이블 앉아 그림을 그리거나 장난감을 갖고 놀았다.

마트에서 신선한 고기와 채소들로 캠핑카의 넉넉한 냉장고를 가득 채우고 밴프 국립공원을 향해 출발했다. 캘거리에서 한 시간 정도 달려 밴프에 도착했다. 이번 여행은 아름다운 호수를 따라가는 여정이다. 국립공원 초입에 있는 미네완카호수에 도착하자 모든 게 쨍하니 선명하다. 햇빛이 너무 세서 조리개를 조이지 않으면 번번이 노출 과다로 찍힐 정도다. 이루 말할 수 없이 쾌청한 하늘이 투명한 호수와 만났다. 눈 덮인 산맥과 하얗게 떠 있는 구름, 푸르

게 빛나는 호수. 신선하고 맑은 공기에 모든 감각이 살아나는 듯했다. 사진을 찍어서 보니, 한 폭의 그림 속에 우리가 들어와 있는 것 같다. 지구상에서 가장 잘 보존된 때 묻지 않은 자연이 오히려 비현실적으로 느껴졌다. 다음 호수로 이동하기 위해 캠핑카에 올라탔다. 산양 한 마리가 뛰어가는 모습이 보였다. 동그랗게 말린 뿔이 독특한 산양들이 호숫가에서 풀을 뜯어먹고 있다. 밴프의 그림 같은 비경은 이제 시작이었다.

다음 날 모레인호수에 가려는데 그동안 쌓인 눈 때문에 길이 통제되어 들어갈 수가 없었다. 아쉬움을 뒤로 하고 에메랄드호수로 넘어갔다. 에메랄드호수는 밴프와 붙어 있는 요호 국립공원에 속한 호수다. 다행히 에메랄드호수는 얼지 않고 잔잔하게 고여 있다. 파란색에 초록색 물감을 몇 방울 떨어뜨린 것 같은 빛깔이다. 기념품 가게에서 캐나다 단풍잎이 그려진 아기자기한 장식품을 구경하고 테라스로 나왔다. 그림 같은 호수 위로 카누들이 떠다닌다.

"우리도 한번 타볼까?"

남편의 제안으로 구명조끼를 입고 카누에 올라탔다. 쓰윽 노를 저으니 카누가 움직이기 시작한다. 지호는 노 젓는 시늉을 하며 환하게 웃었다. 하늘은 흰 구름이 깨끗하게 걷혀 파랗다. 로키마운틴의 만년설에서 시원한 바람이 불어온다. 캐나다의 대자연 한가운데 들어온 걸 비로소 실감했다.

밴프에서 가장 유명한 호수인 루이스호수는 관광객들로 북적였다. 호수는 빙판으로 뒤덮였고 그 위에 하얗게 눈이 쌓였다. 흰 눈으로 덮인 가파른 산맥과 뾰족한 침엽수림 뒤로 겨울왕국의 성처럼 으리으리한 페어몬트 샤토 레이크 루이스 호텔이 들어서 있다. 서늘하면서도 매혹적인 풍경이다.

밴프 국립공원에서 재스퍼 국립공원으로 넘어가면서 눈의 여정이 본격적으로 시작됐다. 보우호수로 가는 길에 눈이 산더미처럼 쌓였다. 눈 속에 폭 파묻힌 빨간 산장이 더욱 붉게 느껴졌다. 너른 호수는 엘사라도 다녀간 듯 꽁꽁 얼어붙어 있다. 지호의 손을 잡고 얼음 위로 한 발짝 내디뎠다. 숨막히게 거대한 산맥에 둘러싸인 광야가 펼쳐진다. 호수가 얼어 눈에 뒤덮인 풍경은 이국적이다 못해 지구 밖의 세계를 떠올리게 한다. 머나먼 은하계의 얼음 행성에 가면 이런 풍경을 만나지 않을까.

페이토호수에서는 맨몸으로 나섰다가 예상치 못하게 설원의 산길을 걸어 올랐다. 호수를 보기 위해 전망대까지 올라가는 길이 눈에 푹 파묻힌 것이다. 미끄러운 산길을 조심조심 헉헉대며 올라갔다. 평소에는 이십분이면 올라갈 길을 눈 때문에 한 시간 만에 힘겹게 올랐다. 지호도 산꼭대기에 다다라서 가쁜 숨을 내쉬었다. 산 위에서 내려다본 경치는 가슴이 탁 트이도록 근사했다. 비록 호수는 얼어서 제 빛깔을 비밀스럽게 감추고 있지만, 얼음 사이로 손톱만큼 보이는 호수의 색깔은 잉크처럼 짙고 푸르다.

빨간 보트하우스가 물 위에 그림처럼 떠 있던 멀린 호수에서 나오는 길에 계곡을 지났다.

"계곡이 참 멋지다. 물살이 엄청 세보여."

"잠깐 캠핑카 세워서 점심 먹고 갈까?"

연이은 호수 투어를 잠시 멈추고 캠핑카를 세워서 피크닉을 하기로 했다. 산에서 눈이 녹아 맑은 물살이 내려온다. 세차게 흐르는 소리가 귓가에 음악처럼 들린다. 침엽수림에서 햇볕을 받으며 서 있으니 저절로 힐링이 되는 듯하다. 지호는 돌멩이를 줍고 다람쥐를 쫓아 뛰어다녔다. 점심으로 간단하게 컵라면과 김치를 꺼냈다. 계곡 소리를 들으며 먹으니 무엇을 먹든 꿀맛이다.

날카로운 산새 아래 거칠게 자리 잡은 메디신호수는 좀 더 신비로운 느낌이다. 언덕 위의 나무들은 화재를 입었는지 잎사귀 없이 메마르고 가는 몸통만 남아 있다. 지금까지 봐 왔던 그림 같은 호수들에 비해 메디신호수는 고독한 나그네 같은 인상을 준다. 호수들을 둘러보고 캠핑장에 오는 길에 옐로스톤에서도 못 본 곰을 운 좋게 봤다.

이제 캠핑카를 반납하러 돌아갈 시간. 캠핑장에서 아침을 먹고 출발하려는데 눈발이 날리기 시작했다.

"길이 미끄러워서 어떡하지."

남편은 앞차를 따라서 천천히 핸들을 움직였다. 캐나다에서 가장 아름다운 길로 손꼽히는 아이스필드 파크웨이가 하얀 눈으로 뒤덮였다. 가다가 차를 세워서 사이드 미러를 덮은 눈을 치우고 다시 가기를 반복했다. 길에는 폭설에 버려지거나 사고 난 차들이 간혹 보였다.

위험천만한 눈길을 엉금엉금 기어 밴프 시내에 도착했다. 잿빛 하늘에는 눈발이 여전히 흩날리고 있다. 주차장에 내려서 작은 아이스크림 가게를 발견했다.

"밴프의 날씨가 원래 이렇게 춥나요?"

"아뇨, 엊그제까지 반팔을 입고 다녔는데 날씨가 갑자기 이상해졌어요."

마을을 둘러보다가 우연히 한인이 운영하는 기념품 가게에 갔다. 가게의 주인 아주머니는 그곳에서 20년 넘게 생활한 교민이다.

"예쁜 아이로구나. 어디에서 왔니?"

그는 지호에게 고양이 인형을 선뜻 선물로 주셨다. 고맙고도 반가운 마음에 이런 저런 이야기를 나누었다.

"이번에 눈이 많이 와서 고생을 했어요. 밴프를 여행하기에 언제가 적당한가요?"

"6월이 지나면 날씨가 따뜻해지긴 하지만, 산에 눈도 사라져요. 하얗게 눈이 남아 있을 때가 멋있죠. 지금이 밴프를 여행하기에 가

장 좋은 시기예요."

밴프를 떠나며 멀리 굴곡진 산맥을 다시 바라봤다. 산맥을 따라 쌓인 흰 눈은 풍경을 한 폭의 수묵화처럼 아름답고 역동적으로 만들어준다. 지금도 밴프에서 찍은 사진들을 보면 풍경화 속에 우리가 들어가 있는 듯 그렇게 아름다울 수가 없다. 보석처럼 맑은 호수들은 저마다 캐나다의 자연과 어우러져 영롱하게 빛났다. 편안한 캠핑카 여행도 잔잔한 호수처럼 그렇게 흘러갈 줄 알았건만……. 차가운 눈과 만나며 더욱 날카로운 순간들이 펼쳐졌다. 눈 쌓인 산길을 힘겹게 올라가던 기억과 쏟아지는 눈에 차가 미끄러져 아찔했던 찰나가 떠오른다. 광활한 빙판 위에서 우주의 경이로움을 느낀 것도 눈의 여왕의 마법이 있었기에 가능했던 일이다. 설레던 첫 캠핑카 여행은 그렇게 아름답고도 매혹적인 떨림으로 남아 있다.

때로는 여행처럼
때로는 일상처럼

모뉴멘트 밸리

10

데스밸리

화려함과 황량함 사이
과감한 배팅

　창밖에 커다란 네온사인이 나타났다. 해가 머리 꼭대기에 비치는 환한 대낮인데도 '라스베이거스 사인'은 한밤중에 전구를 켜놓은 것처럼 번쩍거렸다. 찌뿌둥한 잿빛 풍경이 이어지다가 비로소 슬롯머신에 럭키세븐이 걸린 듯 쾌청한 날씨를 만났다. 캠핑카에서 내리니 구름 한 점 없는 짙푸른 코발트색 하늘이다.

　"엄마, 이렇게 해 봐."

　나는 아이의 주문대로 잔디 위에 무릎을 꿇고 눈높이를 맞췄다. 주먹과 주먹을 맞대는 우리민의 시그널을 나누며, 드디어 라스베이거스 입성!

두 번째로 라스베이거스를 방문했을 때 우리는 고양이들과 함께 캠핑카로 미국을 횡단하는 중이었다. 라스베이거스에 들어온 기념으로 인증 샷을 남기고 가기로 했다. 지호의 손을 잡고 사람들이 모여 있는 곳을 향해 걸었다. 뜨거운 햇볕에 그곳에 모인 사람들의 젊은 열기가 더해져 후끈했다.

사실 라스베이거스의 첫인상은 그리 좋지 못했다. 정확히 말하자면, 밤의 라스베이거스는 우리에게 조금 부담스러웠다. 거리에는 화려한 호텔과 쇼핑몰이 호시탐탐 사람들의 지갑을 노렸다. 벨라지오 호텔의 분수 쇼를 구경하러 가기까지의 여정은 험난하기까지 했다. 해가 지고 난 뒤 대낮처럼 밝아진 메인 도로를 향락과 유흥의 기운이 지배했다. 요상한 옷을 걸치고 호객을 하는 여인들을 지나, 술병을 손에 쥐고 왁자지껄 거니는 남성들을 지나, 현기증이 날 만큼 알록달록한 불빛으로 지호의 시선을 빼앗는 카지노 샵을 지나야만 했으니 말이다.

이번 여행에서 살짝 고민을 했다. 화려한 도시 라스베이거스를 다시 한 번 가볼 것인가, 아니면 자연 그대로의 황량한 땅을 돌아볼 것인가. 어찌 보면 문명의 극과 극 체험이다. 결국 우리는 고민 끝에 후자를 택해 데스밸리Death Valley로 갔다. 국립공원 안의 캠핑장에서 2박 3일간 캠핑을 하기로 했다. 옐로스톤의 캠핑이 떠올랐다. 그때는 추위와 싸웠다면 이번에는 더위와 싸우게 될 것이다.

캘리포니아주와 네바다주 사이에 걸쳐 있는 데스밸리는 말 그대로 죽음의 계곡이다. 한여름에는 기온이 섭씨 35도 이상 치솟는다. 정수리 끝이 불에 탈 듯 화상을 입을 수 있어 삼십 분 이상 서 있지 말라는 주의사항이 전해질 정도로 덥다. 죽을 만큼 덥기도 하지만, 쓸모없이 버려진 의미로 죽음의 땅이기도 하다. 오랫동안 바닷속에 잠겨 있다가 지각변동으로 대지로 드러났다. 해수면 아래에 있어 지구상에서 가장 낮고, 덥고, 버려진 땅이라고들 말한다.

라스베이거스에서 서쪽으로 2시간가량 달려서 177킬로미터 떨어진 데스밸리에 진입했다. 멀리서 탁한 흙색이 서서히 나타났다. 계속 달리다보니 어느새 휴대폰이 끊겼다. 이곳에 머물 이틀간은 외부세계와 완벽히 차단된다는 뜻이다. 고립된 사막 안에 들어온 기분이 들었다.

지금 달리는 캠핑카는 길이가 25피트(7.6미터)에 이른다. 가다보니 대형차 진입금지 표지판과 함께 일방통행 길이 나타났다. 아티스트 드라이브다. 남편이 용감하게 액셀을 밟자 우리를 에워싼 협곡이 점차 가깝게 느껴졌다. 덩치 큰 캠핑카를 비좁은 절벽이 가로막았다. 캠핑카가 아슬아슬하게 빠져나갈 만큼 매우 좁은 길이다. 무사히 지나갈 수 있을까? 남편은 핸들을 조심조심 꺾었다. 양쪽으로 높은 절벽이 덮칠 것처럼 아찔했다. 어깨를 스치듯 지그재그 커브길을 힘들게 빠져나왔다.

　아티스트 드라이브를 지나, 멀리 암벽에 붓칠한 듯한 아티스트 팔레트가 나타났다. 아티스트 팔레트는 갈색, 붉은색, 노란색을 바탕으로 흰색, 초록색, 파란색, 자주색 등의 색채들이 겹겹이 포개어져 있다. 조물주는 어떻게 이렇게 아름다운 색상들을 모아놓을 생각을 했을까? 그 색채들은 해가 뜨고 지고, 구름이 걷히고, 시간이 흐를 때마다 시시각각 변화한다. 예측조차 할 수 없기에 더욱 매력적인 천연 물감이다.

　아티스트 팔레트와는 정반대인 조물주의 취향은 악마의 골프코스에서 느낄 수 있다. 어떤 골프 천재가 와도 한 타도 쳐낼 수 없다고 해서 이름 붙여진 곳이다. 이곳은 약 2,000년 전에 깊이 9미터의 호수가 있던 자리다. 호수가 증발하며 남은 토양이 울퉁불퉁한 모습으로 남아 있다. 보기에도 징그러울 정도로 땅이 거칠다.

꺼슬꺼슬한 흙 속에는 굵은 소금이 감춰져 있다. 흙이 걷힌 부분에는 탁한 소금덩이가 그대로 드러나기도 했다. 지호는 조그만 소금 덩어리를 주워서 캠핑카로 가져왔다.

"이거 진짜 소금 맞아?"

양치 컵에 담아서 기다려봤다. 시간이 지나자 소금 입자가 서서히 녹아, 모래 입자와 뒤엉킨 알갱이만 남았다.

해질녘이 되자 매마른 데스밸리의 하늘도 핑크빛으로 물들어갔다. 모래사막 샌드듄에 들렀다. 미세먼지 가득한 날의 대기처럼 모래가 희뿌옇다. 파란 하늘 아래 선명한 금빛이 대조되던 기존의 사막과는 달리 텁텁한 빛깔이다.

지호는 어떤 사막이든 상관없이 모래라면 무조건 좋은가 보다. 금세 주저앉아 모래를 만지기 시작했다. 바람이 와서 살짝 거들었다. 조그만 손에 움켜쥔 모래가 손가락 사이로 스스륵 빠져나간다. 옆으로 가서 앉으려고보니 바닥에 새겨진 무늬가 심상치 않다.

"으악, 이게 뭐야!"

뱀이 지나간 흔적이다. 뱀의 비늘에 있는 무늬가 모래바닥에 그대로 새겨졌다. 뱀은 이미 그 자리를 떠난 뒤였지만, 지호를 데리고 얼른 피했다.

데스밸리에서 가장 인상 깊었던 자브리스키에서
문명과 단절된 자유를 느꼈다.

데스밸리에서 가장 인상적인 곳은 자브리스키다. 캠핑카에서 내려 한참을 걸어 올라갔다. 탈수증에 죽을 수도 있으니 물통을 꼭 채워 다녀야 한다는 안내판이 곳곳에 붙어 있다. 장난치며 걸어 올라온 지호의 두 뺨이 벌게졌다. 돌담 위에 앉아 생수로 목을 축이고 발 아래를 바라봤다. 말이 필요 없는 장관이다. 500만 년 전 호수의 침전물이 물결치는 듯한 거대한 굴곡을 만들어냈다. 돌담에서 내려가 바위에 앉았다. 세상에 뒷모습을 내어준 채 마음 편히 내려다봤다. 문명과 단절된 자유가 비로소 완전하게 느껴진다.

"갤런당 5달러? 우리 동네 두 배 값이네."

데스밸리 캠핑장에 다다르니 주유소의 비싼 휘발유 값에 남편은 화들짝 놀랐다. 가격이 이렇게 비싼 건 그만큼 외부에서 접근하기 힘든 곳임을 뜻한다. 캠핑장 안은 의외로 수수한 캠핑족들이 자리를 차지하고 있다. 돈이 많든 적든, 직업이나 피부색이 어떻든 간에 진짜 여행을 하러 온 이들이다.

캠핑카 문을 열자 환한 대지의 풍경이 눈에 들어왔다. 한쪽에는 낡은 캠핑카가 주렁주렁 짐을 싣고 허허벌판에 서 있다. 그 풍경만으로도 휴식이 된다. 캠핑카에 있는 고양이들도 모처럼 창밖으로 시선을 돌렸다. 선선한 바람이 불어왔다. 저녁이 되자 이내 서늘한 바람으로 바뀐다. 데스밸리가 이렇게 시원할 리가 없는데……. 이상기온이었다.

　어둠이 깔리자 멀리서 기타 현을 튕기는 소리가 잔잔하게 들려
왔다. 누군가가 피워놓은 모닥불 불씨가 하늘로 타올랐다. 하늘에
는 별이 뒤덮여 있다. 내가 삼각대 없이 별 사진을 찍겠다고 애쓰는
동안, 남편은 피크닉 테이블 위에서 지호에게 팔베개를 해주고 누
워서 별을 바라봤다. 바람이 솔솔 불어 카메라가 자꾸만 흔들린다.
카메라 렌즈를 그만 닫고 하늘을 올려다봤다. 하늘만큼 넓은 데스
밸리 한 가운데에서 별이 반짝인다.

아침 해가 뜬 뒤에도 더위는 여전히 한풀 꺾인 채로 있다. 이틀 밤을 보냈던 데스밸리를 떠날 시간이다. 한 시간 가량 캠핑카를 타고 데스밸리를 빠져나오며 생각했다. 데스밸리에서 서늘한 날씨를 만난 건 어쩌면 행운이었을지도 모른다고.

화려한 라스베이거스를 뒤로 하고 데스밸리로 향한 우리의 선택은 옳았다. 버려진 땅에서 세상에 없는 자유를 만끽할 수 있었으니 말이다. 늘 그렇듯이 캠핑을 하며 자연 속에서 머물다보면, 번번이 그곳과 사랑에 빠져 버리곤 한다. 꾸미지 않은 황량한 데스밸리가 사람들이 감탄하는 위대한 관광지로 거듭난 이유를 알게 됐다. 모든 게 그대로여서 더욱 좋았던 곳. 죽음의 땅에서 맞이한 선선한 바람 한 점은 오래도록 기억될 것이다.

겨울에 스타우트가
더 끌리는 이유

"스타우트 두 잔 주세요."

'본드 브라더스'라는 브루어리 이름이 적힌 티셔츠를 입은 직원이 무심하게 신용카드를 건네받는다. 와인잔처럼 동그랗고 밑둥이 짧은 유리잔을 두 개 꺼낸다. 탭을 꺾으면 신선한 맥주가 부글부글 거품을 일으키며 쏟아져 나온다. 가득 채워진 맥주는 맨 위에 1센티미터의 적당한 거품 층 아래 까만 어둠을 머금고 있다. 그렇게 짙은 흑맥주는 어디에서도 본 적이 없다. 오래전 흑백사진 작업을 했던 암실이 떠오른다. 한줄기 빛도 허용하지 않던 검은 암연처럼 깊고 진한 맛.

"오늘 저녁 때 한번 가볼까?"

미국에서 살면서 가장 즐거운 날은 브루어리에 가는 날이었다. 흑맥주가 유난히 진하고 맛있는 〈본드 브라더스〉는 집에서 불과 20분 거리에 있다. 그곳은 캐리에서도 젊은 사람들이 많이 모이는 힙hip한 장소다. 매주 화요일에는 동네 마라톤이 열린 뒤 맥주를 마시는 이벤트가 열렸다. 널찍한 홀과 야외에 테이블이 여럿 있지만, 갈 때마다 그 넓은 공간이 사람으로 꽉 찬다.

햇빛이 비치는 야외 테이블에 자리를 잡으면 지호는 보드게임을 하며 놀았다. 무엇보다 맥주가 맛있어서 좋고, 또 현지인의 삶을 엿볼 수 있어 좋다. 커다란 개를 끌고 자유롭게 서서 맥주를 마시는 사람들 속에 함께 술잔을 기울이고 있노라면 잠시 우리가 이방인이라는 사실을 잊어버리곤 했다.

노스캐롤라이나의 샬럿에도 마음에 드는 브루어리가 있었다. 야외에 넓은 인조잔디와 피크닉 테이블이 있는 〈노다〉 브루어리다. 샬럿은 독특하게도 앰버 맥주가 대세다. 흑맥주를 좋아하는 우리도 샬럿에서는 붉은 호박색 앰버를 마셨다. 나뭇결에서 느껴지는 스모키한 향이 독특한 맛을 형성한다. 안락의자에 앉아 파란 하늘을 바라보며 앰버 맥주를 마시는 동안 지호는 잔디밭을 뛰어다닌다. 볕좋은 따뜻한 오후, 아이들을 데려와서 잔디밭에 놀게 하고 부모는 맥주 한잔을 즐기는 일상이 매우 자연스러웠다.

샬럿의 〈노다〉 브루어리(위)와 앨버커키의 〈캔틴〉 브루어리(아래).

여행을 하면서 유명한 로컬 브루어리가 있으면 한 번씩 찾아갔다. 뉴멕시코의 앨버커키에 있는 〈캔틴〉 브루어리는 특히 인상 깊은 곳 중 하나다. 여러 브루어리 중에 가장 가까운 한 곳을 골랐는데 맥주가 무척 맛있었다. 캔 맥주를 주문하면 그자리에서 캔에 넣어 포장해준다. 우락부락해 보이는 청년이 꼼꼼히 캔 맥주를 포장하는 동안, 사장님이 서비스로 지호에게 무알콜 음료를 따라줬다. 지호는 조그만 잔을 들고 깔깔깔 웃었다.

서부에서는 포틀랜드Portland의 맥주가 궁금했다. 포틀랜드는 맥주와 커피가 유명해 크고 작은 브루어리와 카페가 많다. 연말을 앞두고 시애틀부터 샌프란시스코까지 이동하는 여정에 오리건Oregon 주의 포틀랜드를 지났다.

어둑어둑한 저녁에 포틀랜드 시내에 도착했다. 투명한 유리창으로 내부가 훤히 비치는 현대식 건물이 보인다. 노스캐롤라이나에는 없는 유명 의류 브랜드의 상점이다. 주차장에 차를 세워놓고 밖으로 나왔다. 큼지막한 건물과 넓은 도로, 몇 발짝 안 내디뎠는데 대도시의 느낌이 물씬 풍긴다. 우리가 찾아간 곳은 〈데슈츠〉 브루어리다. 안으로 들어가니 넓은 공간을 가득 메운 사람들의 웅성웅성하는 이야기 소리가 들린다. 창가쪽 테이블에 앉아 스타우트를 주문했다. 서빙하는 직원의 추천으로 포크윙을 함께 시켰다.

"돼지고기를 버팔로윙처럼 구운 요리죠. 맛있을 거예요."

〈데슈츠〉 브루어리에서 맛본 스타우트와 포크윙.

뼈에 붙은 돼지고기 갈비살이 짭쪼름한 소스에 구워져 감칠맛이 깊어졌다. 강한 스타우트와 궁합이 딱 맞다. 창밖을 바라보니 거리의 환풍구에서 하얀 김이 모락모락 피어나고 있다.

포틀랜드의 스타우트를 마시며 오리건의 거친 대자연이 떠올랐다. 차가우면서도 진하고, 묵직하면서도 거친 느낌. 에콜라 주립공원에 가는 길에 뾰족한 침엽수로 우거진 숲을 지났다. 마치 영화 〈트와일라잇〉의 뱀파이어라도 나올 것 같은 분위기다. 언덕배기에 올라 바라본 바다는 날것 그대로의 모습이었다. 지호는 광야에 서 있는 나무처럼 바람을 견디며 주머니에 양손을 찔러 넣었다. 오리건을 여행하는 길에 멀리 깊게 패인 산맥을 봤다. 데슈츠강이 흐르는 거대한 산맥이다. 데슈츠 맥주 라벨에 그려진 풍경이기도 하다. 침엽수 사이로 위용을 드러낸 웅장한 자연과 〈데슈츠〉 브루어리의 쌉싸름한 스타우트는 잘 어울렸다.

포틀랜드 도심에서 2시간 남짓 떨어진 유진Eugene은 오리건 주립대학이 위치한 대학 도시다. 유진의 〈닌카시〉 브루어리에서는 무려 '우주 맥주'라고 불리는 술을 팔고 있다. 효모를 채운 병을 로켓에 실어 하늘 위 120킬로미터 고도에 띄웠다. 그렇게 수분간 무중력 상태를 겪고 돌아온 효모로 빚어 탄생한 맥주다.

〈닌카시〉 브루어리가 있는 동네는 유난히 어두웠다. 밤 아홉 시가 조금 지난 시간이었는데도 밤길을 걷기가 조심스러웠다. 가게 안은 작고 아담했다. 어떤 이는 괴상한 피어싱을 하고, 어떤 이는 곱슬곱슬한 머리를 길게 늘어뜨린 채 다녔다.

"점퍼가 무척 멋있네요."

옆에서 서서 맥주를 마시던 한 남자가 남편에게 말을 걸었다. 긴장이 조금 풀렸을까? 맥주를 한 모금 마셨다. 우주로 날아갈 것 같은 정도는 아니었지만, 그곳 브루어리의 독특한 분위기 때문인지 유난히 차갑게 느껴졌다.

진한 스타우트를 닮은 포틀랜드 대자연의 정점은 크레이터호수Crater Lake에서 만났다. 유진에서 하룻밤을 보내고 다음날 백두산 천지 같은 분화구 호수인 크레이터호수로 향했다. 올라가는 길부터 눈이 쌓여있더니, 국립공원 입구에 다다르자 온통 눈으로 뒤덮였다. 비지터 센터의 지붕까지 눈이 차올랐다. 호수를 보기 위해서 차에서 내려 눈길을 걸었다. 무릎까지 푹푹 빠진다. 하얀 눈밭 위에서 스키화를 신고 트래킹을 준비하는 사람들이 보인다. 정상에 오르자 파란 호수가 나타났다. 어디에서도 볼 수 없는 맑고 진한 푸른색이다. 눈 덮인 산이 은은하게 투영되어 영롱하게 빛났다.

포틀랜드 여행을 마치고 다시 〈본드 브라더스〉에서 한 번씩 맥주를 즐기는 일상으로 돌아왔다. 겨울에도 햇볕이 좋은 날이면 브루어리는 맥주를 즐기는 사람들로 북적거린다. 내가 좋아하는 스타우트 외에도 구수한 라거와 시큼한 밀맥주를 즐기는 사람도 많

크레이터 레이크

다. 새로운 여행지에서 만난 맥주들도 저마다 다른 개성으로 다가왔다. 말로만 듣던 포틀랜드의 맥주에는 세련된 도시와 오리건주의 거친 자연이 모두 담겨 있었다.

투명한 잔에 담긴 황금빛 바디와 톡 쏘는 탄산. 일상을 축제처럼 바꿔놓을 무언가가 필요할 때, 가벼운 맥주 한 잔으로 활기를 얻곤 한다. 그중에서도 내가 스타우트를 좋아하는 이유는 추운 겨울에 제맛을 내기 때문이다. 쌀쌀한 날씨에 즐기는 한 잔의 스타우트는 청정한 겨울을 느끼게 해 주는 매력이 있다. 추운 겨울 가장 쓰고 가장 달콤하게 살아나는 그 맛을 여전히 사랑한다.

키웨스트

미국 최남단에서
잊지 못할 힐링캠프

어디든 남쪽의 끝은 최상의 아름다움이 농축되어 있다. 한국의 최남단에 신비로운 섬 마라도가 있다면, 미국의 남쪽 끝에는 키웨스트Key West가 있다. 바다로 쭉 뻗은 해안 도로를 달리다보면 수평선 위로 햇살이 부서져서 반짝반짝 빛난다. 눈부심을 못 참고 두 눈을 가늘게 뜨면 멀리 쿠바가 넘실넘실 보일 것이다. 그런 기대로 한껏 부풀어 있었는데 내가 만난 키웨스트는 조금 달랐다. 파란 바다가 아닌 우락부락한 팔에 새겨진 퍼런 타투가, 뭉실뭉실한 구름 대신 희뿌연 담배연기가 강렬했다.

플로리다주 남서쪽에는 2,000여 개의 섬들이 있다. 이 섬들을 플로리다 키스Florida Keys라 부른다. 그중 가장 끝에 자리한 섬이 키웨스트다. 플로리다 남쪽 끝에 있어 기후가 따뜻하고, 아름다운 리조트와 해변이 펼쳐져 있는 휴양지다. 헤밍웨이의 생가가 있으며, 쿠바를 닮은 이국적인 섬이다.

우리는 올랜도에서 머물다가 이틀 정도 키웨스트를 둘러보기로 했다. 키웨스트에 가기 위해서는 육지부터 수많은 섬들을 연결한 아름다운 해안도로 오버시즈 하이웨이Overseas Highway를 타고 들어가야 한다. 총길이가 약 200킬로미터, 연결되어 있는 다리만도 42개에 이른다. 동쪽으로는 대서양이, 서쪽으로 걸프해가 마주하고 있다. 도로 위를 달리면 양쪽에 나타나는 환상적인 전망이 마치 바다 위를 달리는 것 같은 기분이 들게 한다. 키웨스트 거리는 얼마나 아름다울지 기대하며 캠핑장으로 향했다.

캠핑장에 도착한 첫 느낌은 난민촌이 따로 없었다. 드넓은 미국 땅에 이렇게 빽빽한 캠핑장은 처음 봤다. 텐트와 텐트 사이가 무척 비좁다. 주차할 자리도 마땅치 않다. 미국에서는 캠핑장 예약을 하면 프라이버시를 중요시하는 문화가 있어, 대체로 옆 텐트나 캠핑카와 어느 정도 구획이 나뉜 자리를 정해준다. 그런데 키웨스트 캠핑장에는 그런 게 없다. 여기서부터 저기까지 텐트 사이트라고 줄을 쳐놓고 알아서 자기 자리를 잡으란 식이다. 빽빽한 텐트 사이를 비집고 겨우 자리를 잡았다.

　텐트를 설치한 뒤 더위를 식히며 주위를 둘러봤다. 사람들은 해먹을 치고 눕거나 캠핑의자를 꺼내 앉아 히피처럼 캠핑을 즐기고 있었다. 웃통을 벗고 수영장을 오가는 청년들도 보였다.

　"저기 좀 봐봐. 냉장고에 에어컨까지 들고 왔어."

　캠핑카들이 모인 곳은 신세계였다. 캠핑카 주위에 집안 살림살이가 한가득 펼쳐져 있다. 커다란 냉장고부터 에어컨, 그릴, 가스통 등 없는 게 없다. 아, 캠핑은 저렇게 하는 거란 말인가. 부유한 할머니 할아버지들이 관광버스만한 캠핑카를 끌고 와서 조용히 산책이나 하는 여타 캠핑장과는 분위기가 확연히 다르다.

　"이틀만 자고 갈 거니까 좀 참자."

남편은 내 눈치를 슬금슬금 봤다. 천국 같던 올랜도에서 굳이 키웨스트로 오자고 한 것도, 이 캠핑장을 예약한 것도 그이기 때문이다. 공간이 좁아 조금 불편하지만 뭐 어쩌랴. 지호는 의외로 적응을 잘했다. 좁은 텐트 사이에서 비눗방울을 꺼내 갖고 놀았다. 정신없는 사람들 틈에서 졸졸졸 잘 쫓아다녔다.

문제는 캠핑장 전역에 퍼져 있는 19금의 분위기다. 이곳 캠핑장에는 타투가 없는 이들은 출입이 불가능하기라도 한 듯, 민소매와 반바지 차림의 사람들 몸에 붉고 푸른 그림이 하나씩 그려져 있다. 또 여자든 남자든 노인이든 할 것 없이 줄담배를 입에 물고 다닌다. 아이에게 보여주기에 썩 좋은 모습이 아니었다.

저녁이 되자 밤늦게까지 캠프파이어를 하는 이들의 노랫소리와 수다 소리가 들려왔다. 더 이상 자리가 없다고 생각했지만, 해가 진 뒤에도 텐트가 계속해서 비집고 들어왔다. 바로 옆자리 젊은 청년들은 가격표도 떼지 않은 새 텐트 안에서 히히덕거리며 떠들었다. 이렇게 밤 늦게까지 불야성인 캠핑장도 처음이다. 이 사람들은 뭐가 그리 신나서 웃고 떠들 게 많은 걸까. 그들의 왕성한 에너지에 기가 눌린 우리는 텐트들 사이로 화장실과 샤워장을 오가며 잘 준비를 했다.

새벽 두 시. 지호가 곤히 잠든 시각. 텐트 사이로 밝은 빛이 번쩍하더니 소란스러워진다. 뚝딱뚝딱 해머 소리가 들리고 허스키한 여성의 목소리 분주하게 무언가를 지시하고 있다.

밖으로 나가보니 이 시간에 누군가 또 텐트를 치고 있다. 백인 엄마가 초등학생 정도로 보이는 아들에게 해머질을 시켜가며 텐트를 치고 있다. 그들이 켜놓은 자동차 헤드라이트가 우리 텐트를 향해 정통으로 조명을 쏘아대고 있다. 캠핑을 다니며 이렇게 매너 없는 경우는 처음 봤다.

"텐트 안에서 아이가 자고 있어요. 조용히 해주세요."

"미안하지만 텐트를 쳐야 해서 어쩔 수가 없어요."

"지금 새벽 두 시가 넘었잖아요. 헤드라이트라도 당장 *끄세요*!"

이내 언성이 높아졌다. 그녀는 한참 만에 툴툴거리며 자동차를 돌려 헤드라이트를 껐다. 텐트로 돌아와 뒤척이며 잠을 청했지만 불쾌함은 사라지지 않았다. 다음 날 아침 만난 그녀는 건장한 체격에 역시나 팔 가득 그려진 퍼런 타투를 과시하며 뻑뻑 담배를 펴댔다. 그런 이와 오밤중에 실랑이를 했다니 뒤늦게 오금이 저려왔다. 여기는 미국 아닌가. 혹시 그녀가 총이라도 꺼냈다면 어쩔 뻔했나. 주위에는 역시나 자유로운 영혼들의 천국이다. 옆 자리 모녀는 해먹을 치고 한가로이 모닥불을 피우고 있다. 일찌감치 사람들의 노랫소리가 들려왔다.

이 캠핑장에서 왠지 우리만 초대받지 못한 사람들처럼 겉도는 느낌을 받으며 아침식사를 준비했다. 남들처럼 에어컨과 냉장고를 싸오지는 못했지만, 우리에겐 대형 밥솥이 있다. 코스코에서 30달러에 구입한 10인용 아로마 밥솥을 텅텅거리며 꺼내 쌀을 안쳤다. 모락모락 연기가 피어나고 고소한 밥 냄새가 났다. 지나가던 백인 아가씨가 냄새가 참 좋다고 한마디 거든다. 텐트 사이트라서 요리는 밖에서 할 수밖에 없다. 양파를 썰어 넣고 삼겹살에 빨간 고추장으로 맛을 낸 제육볶음을 해 먹었다. 캠핑장은 마음에 안 들지만 맛있는 거 해 먹는 재미라도 있어야지 않나. 한상 거하게 먹고는 캠핑장 안의 수영장에 갔다.

수영장에 오니 본격적으로 온몸이 캔버스인 양 화려한 타투를 새긴 사람들이 눈에 띄었다. 한 남자는 신나는 음악을 틀고 느끼한 막춤을 췄다. 턱수염이 덥수룩한 또 다른 남자는 우쿨렐레를 들고 왔다. 자쿠지에 발을 담그고 연인에게 아름다운 선율의 노래를 들려 줬다. 거친 외모와 달리 그의 노래는 가늘고 수줍었다. 연인은 기쁨의 볼 키스로 화답했다. 그 순간은 낭만적이었지만, 그가 자쿠지 주변에 버리고 간 담배꽁초를 보니 눈살이 다시 찌푸려졌다.

어딘지 로맨틱하면서도 기이한 풍경이 겹치는 와중에, 지호는 수영장에서 신나게 놀았다. 내친 김에 바다로 나가자고 했다. 캠핑장 안에서 몇 걸음만 걸으면 바다로 이어진다. 설탕을 뿌려놓은 듯 햇살이 여기저기서 부딪혀 반사되는 아름다운 바다가 보였다. 바닷가는 울창한 숲을 끼고 있다. 흡사 정글 같은 그곳에서 정체 모를 생명체의 움직임이 느껴졌다.

"앗, 이구아나가 있어."

한두 마리가 아니라 집단으로 서식하고 있다. 지호는 덤불 속에서 보호색으로 몸을 숨긴 이구아나를 찾으며 생태학습을 제대로 했다. 캠핑장을 벗어나 마을로 나가자 거리에서 따스한 햇살이 느껴진다. 야자수 사이로 파스텔 톤 목조 주택들이 화사하게 빛났다. 라임파이를 파는 가게를 지나 남미풍의 이국적인 가게들을 구경했다. 지호는 가게마다 들어가서 키웨스트의 독특한 기념품들을 흥미롭게 바라봤다.

키웨스트에 오면 최남단을 상징하는 포인트에서 기념촬영을 꼭 하고 간다. 그곳에 도착하니 벌써 사람들의 줄이 길다. 포인트는 바닷가가 바로 내려다보이는 곳이다. 쿠바까지의 거리가 불과 90마일(약 144킬로미터). 이곳이 미국의 끝이라니 실감이 안 난다. 키웨스트는 헤밍웨이와 인연이 깊다. 그가 키웨스트와 쿠바를 오가며 《노인과 바다》를 펴낸 흔적들이 남아 있다. 헤밍웨이 생가에서는 한 커플이 웨딩 촬영을 하고 있었다. 마치 영화 속 한 장면처럼 내 프레임 속에 들어왔다.

헤밍웨이가 즐겨 찾았던 '슬리피 조'라는 바는 사람들로 바글바글했다. 높은 천장에는 세계 여러 나라의 국기가 빽빽하게 매달려 있다. 벽에 걸린 커다란 참치 모형이 바다의 느낌을 더한다. 우

헤밍웨이 생가에서 마치 영화 속 한 장면처럼 웨딩 촬영을 하고 있는 커플.

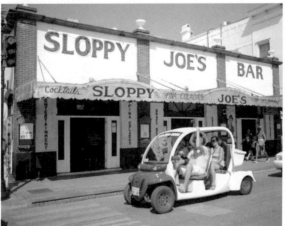

리 테이블을 담당하는 나이 든 여성 웨이트리스에게 생맥주부터 주문했다. 여행을 다니면 맥주는 항상 그곳에서만 맛볼 수 있는 로컬 맥주를 시킨다. 바에 맥주 브랜드가 적혀 있는 개성적인 탭들이 일렬로 죽 늘어서 있는 걸 보면 왠지 설렌다. 맥주를 좋아하는 사람들은 그 마음을 알 것이다.

잠시 후 차가운 서리를 머금은 플라스틱 컵에 담긴 맥주가 나왔다. 서서히 올라오는 더위를 가라앉히기에 충분할 만큼 시원했다. 넓은 홀 끝에서 드럼과 기타 소리가 들리며 라이브 공연이 시작됨을 알렸다. 사람들은 남녀노소 할 것 없이 〈부에나비스타 소셜 클럽〉 속 주인공처럼 흥겹게 음악을 들으며 맥주잔을 부딪혔다.

도떼기시장 같은 캠핑장에 돌아와 두 번째 밤을 보냈다. 우리도 서서히 그 캠핑장에 적응되는 듯했다. 지호를 데리고 캠핑장에 있는 조그만 놀이터에도 나가보았다. 지호 또래의 금발머리 여자 아이가 보인다.

"나랑 같이 놀래(Do you want to play with me)?"

지호가 다가가서 유일하게 외우는 영어 문장을 써먹었다. 둘은 금세 함께 어울렸다. 아이가 노는 동안 주위를 보니 한쪽 잔디밭에 플라스틱 의자들이 정렬 중이다. 오늘 저녁 공연을 한다고 들었다. 옆에 있던 민머리의 우락부락한 아저씨가 남편에게 인사를 건넸다. 그가 지호와 함께 노는 핑크 공주님의 아빠라니 의외다.

"당신들은 뭘 끊고 왔어요?"

"끊다니 뭘요?"

"여기에서 일 년에 한 번씩 마약과 알코올을 끊은 이들이 모여 캠핑하며 페스티벌을 열어요. 지금이 그때죠."

"정말요? 우리는 그냥 캠핑 온 건데……."

아이 엄마가 옆에서 전자담배를 피며 꺽꺽꺽 웃었다. 알고보니 이 캠핑장은 일 년에 한 번씩 알코올과 마약을 끊은 이들이 모여 힐링 캠핑을 하는 곳이다. 지금이 그 기간이고 오늘 저녁 대망의 공연이 열린다. 우리처럼 일반인이 캠핑을 오는 일은 드물다고 한다. 하필이면 이 시기에 우리가 키웨스트에 온 것이다.

이들은 알코올과 마약을 끊은 대신 담배 중독이 된 건 분명하다. 캠핑장 안에는 어딜 가든 연기가 희뿌옇게 날리고 담배꽁초가 밟혔다. 그 옆에는 술 대신 고 카페인 에너지 드링크 캔이 나뒹굴었다. 아이를 데리고 오기엔 최악의 조건이다. 하지만 그렇다고 아이들이 없는 건 아니었다. 지호보다 조금 커 보이는 초등학생 또래의 아이들도 꽤 많았다. 미국의 부모들은 자녀에게 자연스레 자신의 치유 과정을 보여주고 응원을 받는 걸까. 그런 모습을 보며 자란 경험이 아이들에게 어떻게 다가갈지 궁금해졌다.

키웨스트 캠핑장이 이렇게 붐비고 복잡했던 비밀을 알자마자 어느덧 캠핑장을 떠날 시간이 다가왔다. 아쉽게도 캠핑의 하이라이트인 공연이 열리기 전에 올랜도로 출발해야만 한다. 햇빛이 흰 눈처럼 쏟아지는 해안도로를 지나 다시 올랜도 캠핑장으로 돌아왔다. 커다란 캠핑카가 줄지어 있지만, 역시나 고요하다. 기타 소리도, 밤늦게까지 떠드는 소리도 없다. 텐트마다 알록달록한 옷가지가 걸려 있는 빨랫줄도 보이지 않는다. 왠지 사람 소리가 그립고 허전한 느낌마저 들었다.

키웨스트를 떠난 뒤 다른 곳으로 수없이 캠핑을 다녔지만 그곳처럼 활기차고 북적북적한 캠핑장은 본 적이 없다. 언제 또 그렇게 요란하고 시끌벅적하게 캠핑을 할 수 있을까. 키웨스트에서 신호등을 기다리며 길바닥에서 봤던 시구가 떠올랐다.

이 거리를 따라가면 당신을 붕 떠오르게 만들
깊고 진한 파랑을 만날 것이다
Down this street you will find a blue so deep it will float you.

자연과 음악을 사랑하고 자유와 열정이 넘치는 이들이 모이는 곳. 우리가 머물던 키웨스트는 짙은 블루로 남아 히피들과의 추억을 떠오르게 만든다.

13

유타

붉은 사막에서
피어나는 자유

미국에 처음 올 때 일 년만 살고 돌아가기로 계획하고 왔다. 미국생활이 막막하기만 했던 나는 그 일 년을 버리는 셈 치고 지내자는 심정으로 떠나왔다. 하지만 막상 일 년이 다가오자 한국에 돌아가기가 점점 아쉬워졌다. 머무는 기간을 더 늘리기 위해 남편은 육아휴직을 쓰기로 결정했다.

비자와 집 계약을 연장했고, 연장한 기간 동안 우리는 더욱 열심히 여행을 다녔다. 만약 일 년 만에 돌아갔다면 어땠을까? 미국에서의 새로운 경험들이 무르익지 못한 채 다시 예전 같은 일상으로 돌아갔을 것이다. 그때 미국에서 머무는 기간을 연장하며 여행한 곳이 유타Utah였다. 처음 계획대로였으면, 마지막이 되었을지 모를 여행이었다.

유타주와 맞닿아 있는 와이오밍주, 콜로라도주, 애리조나주, 네바다주는 서로 비슷비슷하면서도 자세히 보면 조금씩 다르다. 와이오밍이 생기 없는 초록색 사막이라면, 콜로라도는 활기 넘치는 고산지대. 데스밸리를 끼고 있는 네바다는 고요하면서도 변화무쌍하고, 애리조나는 황량하면서도 개성적이다. 그렇다면 유타는 어떤 느낌일까?

유타의 주도인 솔트레이크시티Salt Lake City는 동계올림픽이 개최된 도시로 그 이름이 익숙하다. 솔트레이크시티는 염분이 높아 물고기가 살지 않는 커다란 소금 호수를 끼고 있다. 유타의 북쪽에는 겨울에 다양한 레포츠를 즐길 수 있는 고급 리조트가 즐비하다. 남쪽에는 아치스Arches, 자이언 캐니언Zion Canyon, 브라이스 캐니언 Bryce Canyon 등 미국의 대표적인 국립공원이 있어 엄청난 경치를 자랑한다. 유타의 몇몇 주립공원은 웬만한 국립공원 못지않게 볼거리가 풍성하다.

유타에서의 여행은 대자연이 아닌 솔트레이크시티에서 시작했다. 시내에는 뾰족뾰족하고 반듯한 교회가 하얗게 빛났다. 솔트레이크시티는 모르몬교의 성지다. 유타 주민 열 명 중 일곱 명이 몰몬교 신도다. 모르몬교는 매우 보수적인 종교로 익히 알려졌다.

    도시의 인상은 깔끔하고 세련됐다. 하지만 어딘지 모르게 건조하고 밋밋한 느낌이 들었다. 생각해보니 유타에 와서 캔 맥주를 마시며 비슷한 느낌이 오버랩됐다. 우리가 미국에서 여행을 다니며 필수품으로 준비하는 맥주가 있다. 평소에는 다크한 맛을 좋아해서 기네스와 같은 흑맥주를 즐겨 마시지만, 여행을 다니거나 특히 캠핑을 가면 좀 더 가벼운 맥주가 당기곤 한다. 그럴 때 마트에서 쉽게 구할 수 있는 미켈롭 울트라를 마신다. 쿠어스나 버드와이저와 같은 라이트 맥주의 한 종류다. 12온스 340그램의 얇고 길쭉한 캔은 그 모양처럼 맛도 깔끔하다. 햇살이 쩅한 한낮에도 이따금씩

생각나는 시원한 맛이다.

　유타에 와서도 다른 선택 없이 미켈롭을 골랐다. 그런데 캔을 따서 몇 모금 마시는데 뭔가 이상하다. 왜 이렇게 싱겁지? 다시 보니 알코올 도수가 3.2도라고 표시되어 있다. 노스캐롤라이나와 다른 주에서는 4.2도였던 술이 똑같은 포장에 알코올 도수만 낮춰져 있다. 유타에서는 모르몬교의 영향으로 술에 대해서도 엄격하기 때문이다. 주 법으로 마트에서 파는 술 종류를 제한하고, 알코올 도수마저 3도대로 묶어 놨다. 밋밋한 미켈롭을 홀짝홀짝 마시며 영 재미가 없다 싶었다. 반나절 동안 돌아본 솔트레이크시티도 크고 멋진 도시처럼 보이지만, 어딘지 모르게 밋밋하고 심심하다. 마치 3도 맥주처럼 말이다.

정적인 솔트레이크시티를 벗어나 유타의 역동적인 자연을 찾아 나섰다. 남쪽으로 내려오다보니 흙이 점점 붉어진다. 가도 가도 끝없이 펼쳐진 붉은 대지는 우주의 신비를 불러일으킨다. 유타의 붉은 흙을 보면 화성이나 지구 밖 다른 행성이 떠오른다. 유타에는 화성을 탐사하는 훈련기지도 있다. 우주의 극한 환경을 체험할 수 있는 광활한 자연이 그대로 남아 있는 곳이다.

미국 최대의 구리광산을 지나 남쪽으로 내려가니 붉은 모래언덕이 나타났다. 차를 세웠다. 사람들이 삼삼오오 모래썰매를 타고 있다. 해가 넘어가는 시간이라 하늘도 모래처럼 붉어졌다. 사막을 좋아하는 나는 그곳에 서 있는 것만으로 황홀했다.

"지호야 우리 썰매 타볼까?"

썰매가 없는 우리는 먼저 다녀간 사람들이 버리고 간 박스 더미를 주워서 깔고 앉았다.

"내려간다, 꽉 잡아!"

아이는 즐거워했다. 지호는 본능적으로 양 팔을 벌려 사막의 자유를 한껏 누렸다. 해질녘 세상이 붉게 변해가며 붉은 사막과 하늘은 하나가 되어갔다.

그날 밤 흙먼지가 폴폴 나는 모압Moab의 캠핑장에서 하룻밤 자고 나서 아치스 국립공원으로 향했다. 아치스 국립공원은 다양한 크기의 사암 아치들이 2,000개 이상 흩어져 있는 곳이다. 아주 오래 전 바닷물이 고여 있다가 사라지며 사암들이 드러났다. 붉은 흙길을 달리니 양쪽에 거대한 캐니언이 나타난다. 특이한 형상의 바위들이 많은데 저마다 재미있는 이름을 갖고 있다. 바위산 꼭대기에 위태롭게 매달려 있는 돌은 밸런스드 락Balanced Rock이다. 우리나라로 치면 설악산 흔들바위 같은 존재다.

아치스 국립공원에서 가장 유명한 델리케이트 아치Delicate Arch는 유타의 상징이다. 구멍이 뻥 뚫려 있어 창문처럼 보인다. 자동차를 타고 델리게이트 아치가 가장 가깝게 보이는 지점에 내렸다. 멀리서 보니 가운데가 뚫린 동그란 반지처럼 보인다. 시간이 지나며 아치 속 풍경이 바뀌는 신비로운 상상을 해봤다. 그 속에서 붉은 해가 떠오르고, 별빛이 가득 빛난다면 얼마나 멋질까.

아치스 국립공원에서 삼십 분가량 떨어져 있는 캐니언랜즈 국립공원에 갔다. 끝없이 뻗은 직선의 대지 위에 바위산들이 놓여 있다. 그 산들은 켜켜이 쌓인 단층이 드러나 오랜 지구의 역사를 보여준다. 길을 달려가다보니, 평평한 줄 알았던 대지가 움푹 꺼져 있다. 물과 바람에 의해 침식되어 만들어진 협곡이다.

그랜드 뷰포인트에 올라가니 눈앞에 가득 펼쳐진 캐니언. 절벽을 내려다보며 걸터앉았다. 골짜기에서 불어오는 바람이 머리카락

끝없이 펼쳐진 유타의 붉은 토양은 우주의 신비를 느끼게 해준다.
지호와 신나게 모래썰매를 타며 자유를 한껏 누렸다.

사이로 파고든다. 아찔하던 마음이 평안해졌다.

아득한 협곡 사이로 콜로라도강이 굽이굽이 지난다. 거대한 자연을 바라보는 것만으로도 이렇게 기분 좋을 수가 있을까. 오랫동안 찾아 헤맸던 마음의 평화를 비로소 찾은 기분이다. 수억 년간 빚어진 천혜의 비경 앞에서 한낱 유한한 존재인 나를 깨닫는다. 서글프기보다는 기쁨에 가깝다. 불완전하기에 지금 이 순간이 얼마나 소중한 것인지…….

다음 여정을 위해 자리를 털고 일어나며 이번 여행이 마지막이 아니어서 참 다행이라고 생각했다. 유타에서의 새로운 출발은 내게 또 다른 자유를 일깨워줬다.

애리조나

달빛 아래 피리 부는
코코펠리의 미스터리

　살다보면 그럴 때가 있다. 빠르게 달려가다가 문득 주저앉아 지나가는 시간을 막연히 흘려보내고 싶을 때. 의미 없는 생각을 하고 의미 없는 공간에 머물고 싶을 때가 있다. 애리조나Arizona는 그럴 때 생각나는 곳이다. 가도 가도 똑같은 황무지의 척박한 땅. 무의미한 풍경이 계속해서 지나갔다. 그런데 그 풍경을 멍하니 바라보다 보니 위로가 되는 듯했다. 언제까지고 초점 없이 바라봐도 괜찮다고 말해주는 그런 곳이었다.

　애리조나에 처음 간 건 10월의 어느 날이다. 달리는 캠핑카에서 생활한 지 벌써 일주일째. 남편은 하루에 대여섯 시간씩 운전을 하고 지호는 달리는 차 안에서 그림을 그린다. 냥이들은 흔들리는 차에서도 그르릉 낮잠을 잤다. 창밖을 내다봤다. 누런 땅에 선명히 대조되는 파란 하늘. 한참을 내달려도 계속해서 똑같은 풍경이 지나갔다. 가다보면 뭐가 나올까? 되레 더 허허벌판인 곳에 우리의 목적지가 나타났다. 우주에서 운석이 떨어져 만들어진 거대한 운석 분화구가 남아 있는 미티오 크레이터Meteor Crater 박물관이다.

박물관 안은 생각보다 규모가 꽤 크고 한적했다. 간혹 노부부들만이 와서 18달러라는 적지 않은 입장료를 내고 구경을 하고 갔다. 괜히 온 건 아닐까? 이런 황무지에 운석이 떨어졌고 우리가 오게 되다니, 우연인지 필연인지 알 수가 없다.

박물관에 들어가자마자 극장에서 짧은 소개 영상을 봤다. 이곳에 약 5만 년 전 지름 50미터 크기의 운석이 떨어졌다. 당시 운석의 속도는 초속 12킬로미터, 뉴욕에서 LA까지 5분 만에 갈 만한 엄청난 빠르기다. 영화는 마치 추억의 〈X파일〉 시리즈처럼, 혹시 존재할지 모를 외계인에 대한 거대한 음모론까지 밝혔다.

영화를 다 보고 나오니 박물관 입구에 전시해놓은 운석의 일부가 더 특별해 보였다. 지구에 떨어지며 조각난 운석 중 가장 큰 파편인데 무게만 600킬로그램이 넘는다. 구멍이 뿅뿅 뚫려 있고 자력을 지닌 신비로운 돌이다.

운석이 떨어진 구덩이를 확인하러 밖으로 나갔다. 계단을 한 층

올라가야 전체 규모가 한눈에 들어올 정도로 크기가 어마어마하다. 풋볼 경기장 20개가 들어갈 만한 공간이다.

"와 엄청 넓다."

"지호야, 저 끝이 보이니?"

남편은 아이를 들어 망원경을 보여줬다. 운석이 푹 팬 흔적 뒤로 황량한 대지가 끝도 없이 이어졌다. 운석은 우주 어느 곳에서부터 날아와 여기에 떨어졌을까? 우주 어딘가에 정말 생명체가 살아가고 있을까?

미국 여행을 다녀보면 우주와 외계 생명체에 대한 관심이 곳곳에서 묻어나는 걸 볼 수 있다. 뉴멕시코주에 있는 VLAVery Large Array에 들렀을 때도 마찬가지였다. 광활한 평원을 한참 달리다보니, 멀리서 접시모양의 흰색 물체들이 보였다. 미국의 국립우주전파천문대에서 운영하는 위성 안테나들이다. 얼핏 보면 크기가 짐작이 안 가는데, 지름이 무려 25미터다. 그런 안테나가 27개나 줄지어 서 있다. 조디 포스터가 출연한 영화 〈콘택트〉의 촬영기지로도 유명한 곳이다. 밖으로 나가서 안테나에 가까이 다가갔다. 동그랗고 거대한 안테나에서 삐비비 하는 신호음이 약하게 들려왔다. 그런 전파를 하루 종일 우주에서 수신하고 있다.

아이는 귀에 손을 바짝 대고 안테나에 잡히는 소리를 들으려고 집중했다.

미티오 크레이터 박물관.
운석이 떨어지며 거대한 분화구가 만들어졌다.

"지호야 무슨 소리가 들리니?"

"응. 삐삐뽀뽀가 이야기하는 것 같아."

"그래? 뭐라고 하던?"

"우리가 와서 반갑대. 나도 반가워 얘들아."

지호는 뽀로로 만화에 나오는 귀여운 외계인 친구를 떠올리며 우주와 교신하는 시늉을 했다.

운석 박물관에서 나와 다시 황량한 애리조나를 달렸다. 이런 곳이라면 외계인은 몰라도 코코펠리Kokopelli는 나타날지도 모르겠다. 애리조나에 와서 코코펠리라는 신기한 존재를 알게 됐다. 애리조

나에 들어와서 한 주유소에 들렀을 때다. 남편이 주유를 하는 동안,

옆에 딸린 조그만 상점에 들어갔다. 지호와 기념품 자석을 고르다

보니 피리를 불고 있는 요상한 생명체가 눈에 들어온다. 바코드를

찍고 있던 할머니에게 물었다.

"이 사람은 누구인가요? 인디언인가요?"

"아뇨. '그것'은 코코펠리예요. 전설 속에 나오는 요정이죠."

코코펠리는 아주 오래 전부터 미국 남서부 지역에서 전설로 내

려오는 신이다. 머리카락은 바깥으로 뻗어 있고, 등은 활처럼 휘었

다. 손에서 피리를 놓지 않는다. 밤이 되면 사막에 모닥불을 펴고

피리를 불며 축제를 벌인다. 코코펠리는 다산과 풍요의 상징이기도 하다.

사막에서 코코펠리가 신나게 뛰어 노는 장면을 떠올리니 선인장을 빼놓을 수 없다. 애리조나는 만화에서나 한 번씩 보던 키 큰 선인장이 자라는 곳이다. 다시 황무지를 달려 선인장을 보러 갔다. 흙먼지를 일으키며 비포장도로를 한참 지나왔다. 뜨거운 볕에 기온은 최고점에 달했다. 선인장이 삐죽삐죽 나타나기 시작했다. 키 큰 선인장으로 가득한 사와로Saguaro 국립공원에 도착했다.

30도가 넘는 불볕 더위를 피하기 위해 모자와 선글라스를 챙겼다. 차에서 내리니 흙에서 뜨끈한 열기가 올라온다. 잠깐 걸었는데도 피부가 따갑다. 듬성듬성한 풀 무더기 위에 십여 미터가 넘는 키 큰 선인장들이 하늘을 향해 두 팔을 뻗고 있다. 가까이에서 올려다보니 두 눈이 저절로 찡그려진다. 강렬한 햇볕이 선인장 끝에 걸려 십자로 갈라졌다.

애리조나의 선인장들은 200년까지도 살아간다. 지호는 제 키만 한 선인장 앞에서 사진을 찍겠다고 했다. 두 팔을 뻗기 전의 '아기' 선인장도 족히 수십 년은 된 것 같았다. 그동안 선인장은 사막의 메마른 더위를 견디는 식물로만 알고 있었는데……. 애리조나의 거대한 선인장을 가까이에서 보니 오랜 세월 살아낸 강인한 생명력이 느껴졌다.

풍경을 더 감상하기 위해 선인장들이 줄지어 서 있는 낮은 산등성이를 올랐다. 타들어가는 햇볕에도 서늘한 바람이 분다. 저 멀리까지 빽빽이 선인장이 보인다. 어떤 형태로든 태양을 향해 꼿꼿함을 지키는 모습에 반할 수밖에 없었다.

사와로 국립공원에서 나온 뒤에도 한참동안 붉은 석양을 배경으로 선인장들의 실루엣이 펼쳐졌다. 오로지 선인장만 우뚝 서 있는 척박한 땅에도 부엉이, 늑대, 도마뱀 등 크고 작은 새와 동물들이 함께 살아간다고 한다. 메마른 우리에게도 늘 누군가가 필요하듯이……. 어쩌면 지호에게 하늘을 찌르는 높은 선인장보다, 모두가 함께 살아가는 생태계를 보여주고 싶은 마음이 더 컸던 것 같다.

낮 동안 뜨거웠던 대지의 열기가 점차 가라앉는다. 어둠이 짙어지고 선인장에 은은한 달빛이 비추면 코코펠리가 나타나겠지? 코코펠리도 어쩌면 머나먼 과거에 지구로 불시착한 외계인은 아니었을까? 터무니없는 생각이 끝도 없이 떠올랐다. 그래도 괜찮다. 애리조나니까.

영원이 새겨진
규화목의 숲

새가 사뿐히 앉았다 날아간다. 조그마한 날갯짓에도 바람이 인다. 그 작은 공기의 흔들림에 티끌이 날린다. 그렇게 파이고 파여서 커다란 산 하나가 사라졌다. 불교에서 말하는 '겁'의 시간이다. 영원 같은 겁의 시간을 현실에서 만난다면 어떤 느낌일까? 지구의 역사를 간직한 대자연을 여행하다보면 인간이 가늠하기 힘든 세월을 느끼곤 한다. 오랜 세월을 간직한 페트리파이드 포레스트Petrified Forest를 거닐며 아주 먼 과거로 시간여행을 떠났다.

해는 서서히 떨어지는데 마음이 바쁘다. 캠핑카의 운전대를 잡은 남편의 옆모습에서 초조함이 느껴진다. 페트리파이드 포레스트 국립공원이 문 닫기 전에 서둘러 가는 길이었다. 입구에 다다랐을 때, 다행히도 아직 문이 열려 있다. 미국 국립공원의 연간회원권을 보여주고 아슬아슬하게 입장했다. 한숨 돌리고 나니 그제서야 주위 풍경이 눈에 들어온다. 잿빛을 띠는 갈색 땅에 누렇게 마른 풀이 듬성듬성 나 있다. 풀 더미 사이로 쓰러진 나무 파편들이 눈에 띈다. 하늘에는 구름이 잔잔하게 퍼져 있다. 모든 게 멈춰 있는 듯 신비롭다. 화마나 전쟁이 아닌, 세월이 훑고 지나간 자리다. 폐허 같은 풍경이 마음에 파고들어와 꽂힌다.

"어, 나무가 아니잖아."

지호가 바닥의 나무 조각을 줍더니 깜짝 놀란다. 잘리거나 쓰러진 나무들은 멀리서 보면 나무 같지만 가까이서 만져보면 단단한 돌덩이다. 페트리파이드 포레스트는 나무가 화석으로 변한 페트리파이드 우드를 보존하는 지역이다. 우리말로 '규화목'이라 부른다. 200만 년 전부터 수명이 다하거나 쓰러진 나무들이 진흙이나 모래, 화산재 등 각종 침전물에 덮여 암석으로 변해갔다.

공원 비지터 센터 입구에는 지호 허리춤에 이르는 규화목의 단면이 깔끔하게 잘린 채 놓여 있다. 실내조명에 반사되어 번쩍거렸다. 값비싼 이탈리아산 대리석이 이런 느낌일까? 규화목을 가공하면 대리석이나 화강암 같은 질감이 난다. 지호는 매끈하게 가공된 규화목의 촉감이 마음에 드는지 몇 번이나 만지작거렸다.

Please
Stay On
Paved Surface

밖으로 나가자 얕은 언덕이 보인다. 규화목이 여기저기 흩어져 있다. 때때로 땅바닥에 쓰러져 있는 거목도 눈에 띈다. 겉에서 보기에 영락없는 나무다. 짙은 적갈색의 나뭇결을 고스란히 간직하고 있다. 하지만 갈라져 있는 단면에는 빨간색, 검은색, 흰색, 갈색이 섞여 오묘한 빛깔을 낸다. 돌처럼 굳어 버린 나무의 단면은 울퉁불퉁하고 거칠다. 무한한 가능성을 갖고 있는 원석처럼, 갈고 닦는다면 언제든 매끈한 질감을 드러낼 것이다.

이 나무들은 나이테도 그대로 간직하고 있다. 박제된 사슴처럼 어느 순간 시간이 멈춰 버렸다. 아니, 그 내면은 오랜 세월 끊임없는 화학작용을 온몸으로 감당하고 있을는지도 모른다. 바닥을 자세히 보니 땅에 뿌려진 고운 입자도 흙이 아니라 규화목의 조각들이다. 규화목이 잘게 부수어진 가루들이 흙처럼 땅에 뿌려져 있다. 규화목은 보기보다 무겁고 단단하다. 하지만 작은 나뭇조각처럼 보이는 규화목들은 아직 가볍고 무르다. 사춘기 소년처럼 나무와 돌 사이에서 힘겨운 정체성의 변화를 겪고 있는 듯했다.

해가 넘어가자 희끗희끗한 하늘이 파스텔 톤으로 물들었다. 지구인지 우주인지 알 수 없는 풍경도 점차 어두워졌다. 다시 캠핑카를 타고 국립공원 밖으로 나오면서 어딘지 모르게 아쉬웠다. 그리고 반년 뒤 루트66을 타고 미국을 횡단할 때, 또 한 번 페트리파이드 우드에 갈 기회가 생겼다. 두 번째 방문에는 그곳을 더 느긋하게 걸어보기로 했다. 눈과 비바람을 뚫고 미국 중부를 지나온 끝에 모처럼 반팔 티셔츠 차림으로 가뿐하다. 밖에 나오자 따뜻해진 날씨에 마음도 한결 느슨해졌다.

페트리파이드 포레스트를 향해 곧게 뻗은 길을 달렸다. 앞에 육중한 할리데이비슨을 타고 가는 남녀 커플이 보인다. 뒷모습만 봐도 포스가 범상치 않다. 태양이 작열하는 여름에도 치렁치렁한 가죽 재킷과 꽉 끼는 가죽바지를 챙겨 입는 스웨그가 뿜어져 나온다. 바이크 커플이 입구에 멈췄다.

"저 사람들 퀘벡에서 왔나 봐. 대단하네."

남편이 번호판을 보고 알아챘다. 캐나다 퀘벡에서 뉴멕시코까지는 직선거리로만 3,700킬로미터가 넘는 거리다.

멋진 바이크 커플을 앞세워 들어온 국립공원 안에는 우리처럼 가족과 함께 캠핑카를 타고 온 이들도 많다. 캠핑카에서 내려 다시 한 번 규화목이 놓여 있는 땅을 밟았다. 하늘은 화선지에 잉크를 찍은 듯, 깃털 같은 구름 사이로 짙은 파랑이 배어나온다. 까마귀가 이따금 소리 내어 울며 날았다. 적막한 줄만 알았던 땅에 생기가 감돈다. 지호는 땅에 떨어진 규화목 조각들을 오랜만에 만지작거리며 반가워했다. 땅속에 묻혀 있던 퇴적층이 지상으로 올라온 작은 산이 나타났다. 세월이 켜켜이 쌓인 퇴적층이 보인다. 갈색의 은은한 그라데이션이 아름답게 그려졌다.

지호는 이곳에서 중요한 미션을 수행키로 했다. 두 번째 방문을 기념해서 주니어 레인저에 도전하기로 한 것. 미국 국립공원에서는 '파크 레인저'라고 해서 공원을 지키는 직원들이 상주한다. 어린이들은 간단한 테스트를 거치면 '주니어 레인저'로 인정해준다. 해당 국립공원에 비치되어 있는 문제지를 풀고 검사를 받으면 된다. 간단한 선서를 마치고 국립공원 문양이 새겨진 특별한 배지를 얻을 수 있다.

비지터 센터에서 문제지를 받아왔다. 페트리파이드 포레스트의 자연과 생태계에 대한 질문들이 있다. 공원에 따라 다르지만, 지호처럼 만 5세 이하인 아이들은 대개 문제지에서 3~5개의 문제만 풀면 된다. 지호는 캠핑카 테이블에 앉아서 열심히 문제를 풀기 시작했다. 영어로 간단한 의사소통이 가능하지만 아직 알파벳만 쓸 줄 아는 지호에게 조금은 어려운 미션이다. 아이는 조그만 손으로 연필을 쥐고 꼬불꼬불 알파벳을 그려갔다.

마지막 질문은 여행을 마치고 집으로 돌아가면 자연보호를 위해 무엇을 하겠냐는 물음이다. 지호는 한참을 고민했다.

"엄마 뭘 하면 좋지?"

"음, 집으로 돌아가면 다시 프리스쿨에 다닐 거 아냐. 그럼 친구들을 만나겠네?"

"응. 친구들한테 이야기해줄래."

국립공원을 지키는 백발의 파크 레인저는 지호의 문제지를 검토하며 흐뭇한 미소를 지었다. 지호는 긴장된 얼굴로 선서를 따라 했다. 기대하던 배지를 받는 순간, 비로소 입꼬리가 쓰윽 올라가며 두 볼이 발그레해졌다. 후에 노스캐롤라이나에 돌아왔을 때, 프리스쿨에 가서 친구들에게 주니어 레인저 배지를 보여주며 이야기를 전할 기회가 있었다. 약속을 지킨 셈이다.

주니어 레인저가 된 덕분에 지호는 페트리파이드 포레스트라는 그 어려운 이름을 머릿속에 정확히 기억하게 됐다.

"지호야, 여기 돌을 보면 어때?"

"엄청 특이해. 나무 같기도 하고 돌 같기도 해."

"이 나무들은 수백 년 수천 년 그보다 훨씬 더 오래 전에 돌로 바뀌었대."

"그래? 그게 얼마나 오래야?"

"엄마가 할머니 되고 지호도 엄마처럼 자라서 할머니가 되고, 그렇게 한참 더 지난 후에?"

아이는 고개를 갸웃거렸다. 규화목에 남아 있는 나이테처럼, 아이와 앉아 살랑살랑 부는 바람을 맞는 지금 이 순간도 우리 안의 어딘가에 새겨지고 있을 것이다. 나무가 돌로 바뀌듯 격렬한 화학작용을 서서히 거치면서. 오랜 세월이 지난 후에 이 여행은 너에게, 나에게 어떻게 남아 있을까?

은하수가 흐르는
밤의 캐니언에서

광활한 자연 위에 끝없이 펼쳐진 자연의 굴곡들. 물이 지나간 자리에 깊이 패인 협곡은 뜨거운 햇살 아래 바싹 말라버린 모습으로 붉은 열기를 뿜어낸다. 파란 하늘 아래 그 강렬한 에너지를 보고 나면 이 지구라는 행성 안에서는 더 이상 아름다운 경치를 찾기 힘들 정도다. 그렇다면 해가 지고 난 뒤의 캐니언은 어떤 모습일까? 작열하는 태양과는 떨어져서 한번도 상상하지 못했던 밤의 캐니언을 목격하던 날, 나는 서부여행의 진수를 맛본 것이나 다름없다.

미국 서부여행은 미국에 살면서 꼭 한 번쯤 도전해볼 만한 일이다. 서부여행을 하면 수많은 캐니언을 만난다. 더 이상 어떻게 크고 아름다울 수 있는지 자연의 우연한 예술 작품들이 놀라울 따름이다. 그중에서도 라스베이거스에서 시작해 한 바퀴 돌아보는 골든 서클은 한국 관광객들이 많이 찾는 코스다. 그곳에 가면 3대 캐니언인 그랜드 캐니언Grand Canyon, 브라이스 캐니언, 자이언 캐니언을 볼 수 있다. 우리는 가을에 캠핑카를 빌려서 라스베이거스에서 출발해 서부의 캐니언들을 둘러보고 뉴멕시코New Mexico까지 내려가는 일정을 짰다.

비행기를 타고 라스베이거스에 내려서 캠핑카를 찾았다. 여행의 출발점인 자이언 캐니언으로 향했다. 쨍한 햇볕에 저절로 눈이 감긴다. 반팔과 반바지를 입었는데도 더위가 후끈하다. 자이언 캐니언 바로 앞에 있는 캠핑장에 들어갔다. 캠핑장 앞 조그만 다운타운은 사람들로 북적였다. 멀리서 보기에도 깎아지른 듯한 사암 바위가 절경을 이루는 캐니언이 마치 영화세트처럼 비현실적으로 느껴진다. 커다란 계곡을 끼고 있는 돌 산 같다. 캐니언 하면 너르고 평평하게 올라온 바위들이 연이어 보이는 모습을 상상해 왔는데, 사뭇 다른 광경이다.

자이언 캐니언 앞의 캠핑장에서 하루 묵고 맞이한 아침. 햇볕은 쨍하고, 하늘은 더욱 새파랗다. 포스터 물감으로 그려놓은 듯 번짐 없이 뚜렷하다. 자이언 캐니언에는 18개의 공식 트래킹 코스가 있다. 우린 다음 행선지로 가는 동선에서 크게 떨어지지 않은 1.6킬

로미터 길이의 캐니언 오버룩 트레일에 도전했다. 하지만 쉬운 코스인 줄 알고 시작한 길이 등산이 되었다. 다행히 지호는 조금 힘든 산길도 지치지 않고 씩씩하게 걸어 올라갔다.

올라가는 길 자체가 이미 절경이다. 붉고 거대한 암벽 사이로 좁은 흙길을 지났다. 군데군데 키가 크고 이파리가 거칠게 뒤엉켜 있는 고목이 서 있다. 사람의 손길이 닿지 않은 정글로 들어가는 기분이다. 강렬한 햇볕 아래 걷다보니 슬슬 지쳐갈 즈음 더위를 식혀 줄 그늘이 나타났다. 마치 동굴처럼 바위 아래 널찍한 공간이 있다. 고대 문명의 탄생지도 이런 곳이 아니었을까? 잠시 앉아서 바람을 쐬고 쉼 없이 올라가 마침내 정상에 다다랐다.

정상에 올라가자 아래로 내려다보이는 까마득한 협곡. 이 광경을 보기 위해 한 시간 가량 땀을 흘린 보람이 있다. 지호는 힘들게 올라온 정상에서 머리 꼭대기에 있는 햇살만큼 환하게 웃었다. 가장자리는 둥글고 위는 판판한 바위가 포개어져 있는 모습이 독특했다. 평평한 면에 앉아 화려한 자이언 캐니언의 경치를 만끽했다. 서부영화에 나올 법한 바위산을 배경으로 셔터를 눌렀다. 카메라 각도를 바꿀 때마다 프레임이 바뀌는 변화무쌍한 곳이다.

자이언 캐니언이 한낮의 뜨거운 태양이라면, 그랜드 캐니언은 대지에 깔리는 석양의 중후함을 닮았다. 그랜드 캐니언으로 가는 길에 콜로라도강이 굽이쳐 흐르는 호스슈 밴드Horseshoe Band에 먼저 들렀다.

"지호야, 저게 뭐 같아 보여? 말발굽처럼 생겼대. 그래서 이름이 '호스슈'야."

강물이 말발굽 형태로 흘러 '호스슈 밴드'라는 이름을 얻었다. 300미터 절벽 아래를 내려다봤다. 눈앞이 아찔하다. 역동적인 모습에 숨이 턱 막힌다. 호수처럼 짙은 파란 강물 가운데 기암절벽이 선명하게 솟아 있다.

파란 콜로라도강은 그랜드 캐니언으로 이어져 전 세계인이 찾아오는 절경을 만들어냈다. 그랜드 캐니언은 매년 600만 명 이상이 방문하는 서부의 대표적인 관광지다. 그만큼 사람이 많고 붐빈다. 우리가 갔을 때도 입구부터 자동차들이 뒤엉키고, 관광객들로 시끌벅적했다.

"사람들이 너무 많고 붐비네."

사람 많은 곳을 질색하는 남편은 실망스러움을 내비쳤다. 자연 그대로의 경관을 한가로이 볼 수 있는 그런 관광지와는 거리가 멀기 때문이다. 관광객들로 혼잡한 틈바구니를 비집고 국립공원 안으로 들어갔다.

그랜드 캐니언에서 인상깊게 구경한 곳은 데저트 뷰 와치타워다. 전망대 안은 이국적인 느낌이 가득했다. 벽과 천장에 인디언 원주민의 상형문자 같은 벽화가 그려져 있다.

"엄마 이건 누가 그린 그림이야?"

지호는 처음 보는 인디언의 그림이 무척 신기한 모양이다. 벽화를 구경하며 4층에 올랐다. 전망대에 나오니 멀리 그랜드 캐니언의 협곡이 겹겹이 보인다. 태초부터 이어진 지질 작용의 오랜 역사만큼 짐작할 수 없는 거대한 공간이다. 전망대에서 내려와 적당한 기슭에 자리를 잡고 털썩 앉았다. 눈앞의 그랜드 캐니언이 너무 거대해서 실감이 안 났다. 자연이 만든 예술품이라기보다는 건축물이라는 표현이 더 적합한 것 같다. 나도 모르게 웃음이 났다. 눈앞의 캐니언을 바라보는 순간 세상사 따위는 다 잊혀졌다.

해질녘이 되어 야바파이 포인트로 이동했다. 그랜드 캐니언의 뾰족뾰족한 굴곡을 따라 붉은 석양이 물드는 곳이다. 관광객들로 북적이던 국립공원 안이 고요해졌다. 색색의 단층들이 노을을 입고 저마다 다른 색깔로 바뀌어간다. 수많은 동식물들이 숨죽여 해가 지는 걸 지켜본다. 지구의 역사가 시작되었고, 만약 끝이 있다면 이렇게 끝날 것만 같은 장엄한 일몰이 지나가고 있다.

캐니언들을 돌아보는 동안 여러 날이 지났다. 매일밤 다른 캠핑장으로 이동하며 서부영화 속 투어가 이어졌다. 한낮에는 강한 햇볕에 차 안 온도가 급격히 올라갔고, 밤에는 선선한 날씨로 바뀌었다. 지호는 캠핑카 테이블에서 그림을 그리며 지루함을 달랬다. 나는 조그마한 블루투스 스피커를 꺼내 음악을 들었다. 창밖으로 민

어지지 않는 장관이 한번씩 나타날 때마다 미국 서부를 달리고 있다는 게 실감이 났다.

브라이스 캐니언은 가장 독특하고 매력적이었다. 그곳에 도착하자마자 쌀쌀한 기온에 패딩 점퍼를 꺼내 입었다. 반팔을 입고 돌아다녔던 자이언 캐니언에서 불과 두어 시간 떨어진 거리인데 기온차가 심했다.

브라이스 캐니언은 오밀조밀한 원형의 분지 형태다. 가운데는 움푹 패여 골짜기를 이루고 가장자리에는 뾰족뾰족한 수많은 돌기둥이 모여 있다. 수많은 돌기둥은 마치 커다란 콜로세움 극장에 모여 있는 관객들처럼 캐니언을 둘러싸고 있다. 체스의 말처럼 보이기도 하는 이 돌기둥은 '후두Hoodoo'라고 불린다. 오랜 시간 바람에 깎이고 침식되며 수백만 개의 돌기둥이 만들어졌다.

경사로를 따라 조금 걸어내려갔다. 가까이서 보니 붉은 황토빛이 은은한 후두들의 모습이 신비롭기만 하다. 이 독특한 암석들은 어떻게 만들어진 걸까? 신의 손길로 만들어진 수백만 개의 돌기둥은 저마다 다른 형태로 자리를 지키고 있다. 길을 따라 내려가며 층마다 변화하는 후드의 모습을 구경했다.

해가 넘어가며 더욱 쌀쌀해지는 날씨에 지퍼를 목까지 끌어올렸다. 주위에는 신비로운 암석들이 핑크빛으로 물들어 가고 있다. 고운 파스텔 톤으로 하늘빛이 바뀌더니 점차 어두워진다. 후두들

브라이스 캐니언

의 실루엣만 아련하게 남았다.

브라이스 캐니언에서 가까운 캠핑장에 가서 자리를 잡았다.

"별 보러 다시 가볼까?"

저녁을 먹고 지호는 벌써 잠든 시간. 남편의 제안에 귀가 쫑긋해졌다. 브라이스 캐니언은 본래 별을 보는 곳으로 유명하다. 밤하늘에 수많은 별을 관측할 수 있는 곳이 미국 각지에 있지만, 그중에서도 브라이스 캐니언은 가장 많은 별을 볼 수 있는 곳이다. 공원에서 야간 별자리 관람 행사도 열고 있다. 우리는 낮에 봤던 브라이스 캐니언으로 무작정 향했다. 야생동물이 튀어나올지 모를 깜깜한 밤길을 캠핑카를 조심조심 운전해서 캐니언에 도착했다.

남편이 차에서 지호를 데리고 있는 동안 홀로 카메라를 들고 차에서 내려 십여 미터 걸어갔다. 카메라를 받칠 만한 둔덕을 발견하고 카메라를 앉혔다. 사방이 깜깜하다. 하늘을 올려다보니 별빛이 무수히 많다.

"와, 이게 브라이스 캐니언의 밤하늘이구나."

벌브셔터를 누르고 수초간 기다렸다. LCD창을 보니 바위들로 그려진 거친 능선이 나타난다. 계속해서 사진을 찍었다. 하늘을 바라보는 두 눈에 별빛이 쏟아져 들어왔다.

오랜 세월 힘찬 물줄기가 흘러내려 만들어진 거친 협곡은 밤이 되면 은하수가 흐르는 아름다운 골짜기로 바뀐다. 세상의 모든 빛은 사라지고, 오직 별빛만으로 그 어느 곳보다 환한 밤하늘을 볼 수 있다. 캐니언을 한낮의 강인함으로만 기억하던 것도 내 편견이었나 보다. 밤에 올라가지 않았으면 몰랐을, 캐니언의 부드러운 속살을 엿보고 온 기분이다.

문득 주위를 둘러봤다. 누군가의 부드러운 내면을 외면하고 지나치지는 않았던가. 나 역시 나약한 밤을 드러내기 힘들었던 지난날의 기억. 그 이면을 발견하는 건 두렵지 않은 아름다운 여정이라고 믿는다. 평화로운 우주의 내면과 조우했던 낭만적인 시간을 떠올리며…….

17

아이슬란드

오로라,
그 찬란했던 순간

"아이슬란드에서 오로라를 보면 어떨까?"

미국에 간 첫해, 가을이 지나고 겨울을 준비하며 영국에 있는 친구를 보러 가기로 마음먹었다. 그 과정에서 남편은 전혀 생각하지 못했던 아이슬란드Iceland 여행을 제안했다.

오로라를 한번 보는 게 소원이었다. 정확히는 사진에 꼭 담아보고 싶었다. 미국에 와서 오로라를 보러 캐나다 옐로나이프나 알래스카에 가보려고 알아봤다. 그러나 두 곳 모두 너무 추운데다가 노스캐롤라이나에서 가기가 쉽지 않았다. 그러던 차에 아이슬란드 여행은 매우 솔깃한 제안이었다. 영국에 갈 때 아이슬란드 항공을 이용하면 아이슬란드에 무료로 스탑오버할 수 있다니 말이다. 실행력이 빠른 남편은 즉각 항공권을 예매하고 일정 잡기에 나섰다. 아이슬란드에서 머물기로 한 날은 총 5박 6일. 그동안 반드시 오로라를 보고 런던으로 떠나야 한다.

꿈에 부풀어 아이슬란드행을 정했지만, 생각보다 준비는 더디게 진행됐다. 차일피일 일상에 쫓기다가 출발하기 일주일 전에야 마트에 가서 필요한 내복과 방한용 모자, 장갑, 핫팩 등을 부랴부랴 구입했다.

그리고 오로라 사진을 어떻게 찍어야 하는지를 바삐 검색하기 시작했다. 릴리즈와 삼각대가 필요하다. 동네 마트를 뒤져 가장 저렴한 10달러짜리 삼각대를 구입했다. 릴리즈는 끝내 기간 안에 구할 수 없었다. DSLR의 와이파이 기능으로 스마트폰과 연동할 수 있으니 그것으로 릴리즈를 대신하기로 했다. 일단 가보자.

여행 당일, 우여곡절 끝에 아슬아슬하게 아이슬란드행 비행기에 몸을 실었다. 미국에서 보던 백인 여성과는 또 다르게 골격이 크고 금발이 짙은 승무원들이 아이슬란드산 생수병을 하나씩 나눠줬다. 아이슬란드의 빙하가 이런 영롱한 느낌일까? 물만 마셔도 설레는 마음. 밤 비행을 하는 동안 실내등이 꺼졌다. 통로 천장의 조명이 마치 오로라처럼 오색 빛깔로 일렁였다.

"엄마, 저게 오로라야?"

"맞아. 우리가 가서 진짜 오로라를 볼 거야."

오로라를 보러 가기 전에 아이에게 오로라가 얼마나 아름다운 것인지를 이야기해 주고 싶었다. 마침 아이가 좋아하는 〈바다탐험대 옥토넛〉 시리즈 중에 오로라가 등장하는 장면이 있다. 탐험대원들이 모든 임무를 무사히 완수하고 머리 위에 펼쳐진 오로라를 보며 또 다른 내일을 기약하는 아름다운 엔딩이다. 옥토넛 탐험대가 주로 활약하는 북극은 바로 '노던 라이츠'라고도 불리는 오로라의 출발점이 아니겠는가. 지호도 그 동영상이 재미있다며 몇 번이나 반복해 봤다. 아이의 마음에도 오로라를 보겠다는 마음이 조금은 자리를 잡은 셈이다.

마침내 아이슬란드의 케플라비크Keflavik 공항에 도착했다. 5시간의 시차를 못 견디고 비몽사몽간에 공항에 내렸다. 렌터카를 빌리러 가는 길에 거센 바람이 마중 나왔다. 영상의 기온인데도 춥게 느껴진다. 아이슬란드에는 바람이 매우 세기 때문에 주의해야 한다는 이야기는 많이 들었지만 이 정도일 줄은 몰랐다. 자동차 문을 잘못 열면 뒤로 꺾이거나 다른 차에 부딪혀서 파손되는 사고가 날 수 있다는 말이 실감났다.

렌터카를 빌려서 공항을 빠져나오는데 아직 해가 떠오를 기미가 안 보인다. 1월 말의 겨울은 아이슬란드에서 해가 가장 짧은 시기다. 오전 11시가 다 되어서야 해가 떠오르고 서너 시면 어느덧 해가 넘어간다. 해가 진 뒤에는 이동하기가 힘들기 때문에 관광하기에 매우 불리한 계절이다. 6~8월 여름에 왔다면 아침부터 밤까지 해가 쨍쨍한 백야를 볼 수 있었겠지만, 오로라는 없다.

공항을 빠져나오는 동안 나와 지호는 뒷좌석에서 꾸벅꾸벅 졸기 시작했다. 한참을 자다가 눈을 떠보니 구불구불한 길을 따라 핸들이 휘어지고 있었다. 오전 10시, 아직 어둑어둑한 하늘 아래 느껴지는 대지의 실루엣이 무척 낯설다. 양쪽 길에 첩첩이 쌓인 능선에 검은 흙과 누런 풀이 뒤덮여 있다. 바람이 계속 분다. 영원히 해가 뜰 것 같지 않은 아득한 어둠. 마치 외계 행성에 불시착한 듯 우리는 낯선 길을 달리고 있었다.

"이 길을 한참 달려온 것 같아."

남편이 말했다. 지금 창밖만으로도 충분히 이국적이다 못해 다른 별에 온 듯하다. 미국여행을 다니며 지구의 끝 같은 광활함을 느끼곤 했는데, 아이슬란드는 우주의 시작 같은 고요함이 있다. 이윽고 희미한 해가 떠올랐지만 하늘은 여전히 흐리다. 아이슬란드의 겨울에는 비가 잦다. 우리가 와 있는 내내 비 예보가 있다. 하늘에서 흩뿌리는 물방울을 맞으며 아이슬란드의 수도인 레이캬비크 Reykjavik를 지나 골든 서클로 향했다.

아이슬란드는 마치 제주도 같은 섬나라다. 면적은 제주도의 50배 이상 크다. 일반적인 관광코스는 해안을 따라 나 있는 300킬로미터의 링로드Ring Road를 타고 가는 길. 일주일 정도면 돌아볼 수 있다. 여름에는 내륙으로 좀 더 들어갈 수 있지만 겨울에는 길이 얼어서 거의 불가능하다. 우리는 서쪽에 위치한 아이슬란드의 수도 레이캬비크에서 동남쪽 스카프타펠 국립공원까지 5박 동안 남부를 돌아보는 일정을 짰다.

첫날 방문한 골든 서클은 남서부에 있는 대표적인 관광지다. 골든 서클에 위치한 싱벨리어는 유라시아 판과 북아메리카 판이 만나는 곳이다. 두 대륙의 경계에서 불어오는 칼바람이 거셌다. 골든 서클의 또 다른 명소인 게이시르Geysir는 화산활동으로 형성된 간헐천이다. 아이슬란드에는 아직도 수십 개의 화산이 존재하고 있다. 비지터 센터에서는 아이슬란드의 상징인 물, 불, 바람과 바이킹이 그려진 열쇠고리를 판매하고 있었다.

골든 서클에서 빼놓을 수 없는 굴포스 폭포까지 둘러본 뒤 숙소로 왔다. 아이슬란드에서는 오로라를 보는 게 주목적이기 때문에 한적한 곳에 위치한 롯지형 숙소를 골랐다. 사실 숙소를 고를 수 있는 선택의 폭이 좁다. 겨울철이라 문을 닫은 숙소도 꽤 많았다. 숙소로 가며 보너스 마트에서 소시지와 빵, 삼겹살, 파프리카, 양파 등 간단히 장을 봤다. 집에서 가져온 고추장과 김치, 라면 등과 함께 저녁을 챙겼다. 아이슬란드는 술을 아무데서나 팔지 않기 때문에 면세점에서 나올 때 구입하는 게 좋다. 공항에서 산 아이슬란드

연둣빛 라바필드는 검은 현무암과 대비되어 낯선 풍경을 만들어낸다.

산 흑맥주의 쌉싸름한 맛이 싸늘한 날씨에 달콤하게 어울렸다.

남편과 지호는 저녁을 먹고 일찌감치 녹초가 되어 뻗었다. 나는 시차를 극복하지 못하고 말똥말똥하게 깨어 있다가 카메라를 챙겨 밖으로 나가봤다. 밤에 나타나는 오로라는 사실 태양이 보낸 빛의 정령이다. 태양에서 방출된 플라스마가 지구 자기장에 이끌려 대기로 들어와 공기와 맞닿아 빛나는 현상이다. 오로라의 빛깔은 초록빛부터 금색, 붉은색, 오렌지색, 보라색까지 다양한 스펙트럼을 갖고 있다.

오로라가 나타났는지 확인하려면 눈보다는 카메라로 찍어보는 게 더 정확하다. 나는 노이즈가 나타나지 않는 선에서 6,400 안팎으로 감도를 설정했다. 조리개를 5.6 정도로 두고 20~30초간 셔터를 열어서 노출을 맞췄다. 또 오로라를 보기 위해서는 아이슬란드의 날씨와 오로라 지수를 확인하는 사이트를 꼭 체크해야 한다. 오로라를 볼 수 있는 확률이 수시로 바뀔 뿐 아니라 오로라를 볼 수 있는 지역도 계속 이동한다. 오로라 지수가 아무리 높아도 구름이 가리면 소용없다.

숙소 밖은 주위가 탁 트여 있어 하늘이 무척이나 넓게 보인다. 너른 벌판에 너댓 채의 통나무집이 전부다. 레이캬비크를 벗어난 뒤부터는 한 번씩 농장이 간혹 보일 뿐 인적이 드물다. 오로라를 찍기에는 최적의 장소다. 하지만 오늘밤은 하늘이 흐려서 제대로 된 오로라는 볼 수 없을 것 같다. 삼각대에 카메라를 받쳐놓고 오랫동안 조리개를 열고 있었지만 걸리는 빛이 없다. 사진을 찍으며 들락거리다보니 지호도 잠에서 깼다.

"지호야 엄마랑 같이 별 보러 나갈래?"

아이를 데리고 나오자 잠시 하늘이 맑게 개었다. 별자리가 그려진 천구를 엎어놓은 듯 별이 쏟아질 듯 눈부시게 빛났다.

"와, 엄마, 별이 엄청 많다."

하늘 가득한 별을 본 그날 밤을 아이는 그림을 그려 오랫동안 기억하고 있다. 오로라는 못 봤지만 아이의 반짝이는 두 눈에 수많은 별을 담아준 것만으로도 만족스러웠다.

다음 날에도 새로운 숙소에 짐을 풀었다. 아이슬란드 여행은 정해진 관광지보다는 길을 따라 가면서 바라보는 풍경이 더욱 인상적이다. 여기가 도대체 어디지? 어느 행성이 이곳과 닮았을까? 머릿속에 끊임없이 중력을 벗어나게 만드는 마법을 거는 곳이다.

해가 떠 있는 시간이 짧은 탓에 매번 자동차 헤드라이트만을 의지해 숙소에 들어가곤 했다. 밤새 깜깜한 어둠 속에 한줄기 빛을 찍기 위해 카메라를 부여잡고 보내다가, 아침이 되어 쨍하게 맞이하는 주변 풍경은 매번 놀라웠다. 바다가 보일 만큼 끝없는 지평선도 눈부셨고, 눈 덮인 산맥이 이색적인 굴곡을 품고 있는 모습도 숨막혔다. 밤과 낮, 그렇게 천의 얼굴을 지닌 아이슬란드를 충분히 보고

느끼며 다음 장소로 이동했다.

둘째 날 밤 우리는 오로라를 보기 위해 숙소에서 다시 서쪽으로 한참을 거슬러 올라 비크Vik로 갔다. 숙소 쪽 하늘은 구름에 가려졌으나, 남편이 비크 쪽에서 오로라가 나타났다는 고급 정보를 용케 잡았기 때문이다. 의외로 치밀한 구석이 있는 남편은 네이버 카페에 가입해서 아이슬란드에 와 있는 한국인 관광객들과 실시간 채팅을 하고 있었다. 비크의 뷰포인트인 언덕 위 작은 교회로 올라갔다. 오로라가 나타난다면 그 자체로도 환상적이겠지만, 더 예쁜 배경에서 찍고 싶은 욕심이 났다.

비크의 교회건물은 그림처럼 예뻤다. 그런 곳에 오로라가 펼쳐진다면 어떨까? 상상만으로도 가슴이 벅찼다. 삼각대에 카메라를 받쳐놓고 한참을 셔터를 눌러봤다. 아무리 봐도 좁은 LCD창에는 예쁘장한 교회 건물만 나타났다. 그렇게 새벽까지 기다리다가 허탈하게 숙소로 돌아왔다. 이제 이틀 밤밖에 안 남았는데……. 초조해지기 시작했다.

다음 날에는 모처럼 하늘이 맑았다. 오늘은 오로라를 볼 수 있지 않을까? 아침부터 기대에 부풀었다. 피올살론에서 빙하를 처음 만져보며 아이슬란드 여행도 절정에 달했다. 수억 년간 녹지 않고 얼어 있는 빙하는 멀리서부터 옥색 빛깔을 뿜고 있었다. 가까이 다가가자 다이아몬드처럼 투명하게 빛났다. 아이도 특별한 얼음 덩어리가 신기한지 손으로 만져보고 코끝이 빨개지도록 놀았다.

요쿨살론에서는 둥실둥실 바닷물에 떠내려가는 유빙을 볼 수 있다. 중국인 관광객들은 드론을 날리거나 붉은 천을 흔들며 요란스럽게 사진을 찍었다. 우리는 그 틈을 비집고 서서 해질녘의 빙하를 바라봤다. 하늘은 핑크색으로 물들고 빙하의 옥빛은 더욱 신비롭게 짙어졌다.

다시 링로드를 달리다 목장 앞에 잠시 차를 세웠다. 미국에서 만난 늘씬하고 매끈하게 윤이 나는 말과는 생김새가 조금 다른 말들을 구경했다. 조랑말처럼 덥수룩한 털과 갈기가 정겹게 느껴졌다. 광활하게 펼쳐진 연둣빛 라바필드는 용암이 굳은 화산석 위에 벨

벳처럼 깔린 이끼가 만들어낸 독특한 지형이다. 땅 위에는 빙하가, 땅속에는 펄펄 끓는 용암이 흐르는 경계지점이 이렇게 평화롭다니, 아름다운 모순이다.

그날 밤은 포스호텔 누파라는 호텔에 머물렀다. 밖에서 보기에 호텔이 아닌 가건물처럼 보였다. 갸우뚱하며 실내에 들어갔는데 생각보다 깔끔하고 아늑했다. 아이슬란드의 건물들은 대체로 실내가 좁고, 군더더기 없는 심플한 모노톤으로 장식되어 있었다. 북유럽 인테리어의 현실판이다. 무엇보다 카펫이 아닌 나무 바닥이라 쾌적했다. 아이슬란드는 히터와 함께 바닥 난방이 들어오는 곳이 간혹 있었다. 포스호텔 누파 역시 화장실 바닥에 따끈따끈한 보일

러가 들어왔다. 넓지 않은 공간이었지만 호텔의 안락함을 누리며 컵라면으로 간단하게 저녁을 먹었다.

이제 오로라를 만나러 갈 시간. 오로라 지수와 날씨를 확인했다. 오랜 시간 버티려면 보온은 필수다. 점퍼를 두 벌 껴입고 핫팩과 털 모자로 중무장을 했다. 남편은 따뜻한 물을 가득 채운 보온병을 비장하게 건넸다. 이 호텔은 특이하게 베란다에서 야외로 바로 드나드는 구조다. 장비를 챙겨 창문을 빼꼼 열고 밖으로 나와서 불빛이 없는 건물 귀퉁이에 자리를 잡았다. 아이가 쓰는 접이식 발판을 펼쳐서 앉았다. 이만하면 모든 준비가 완벽했다.

멀리 낮은 언덕이 보였다. 감으로 뷰파인더를 겨냥하고 테스트 셔터를 연달아 눌렀다. 그 순간 낮은 구릉에서 빛줄기가 새어나오는 게 느껴졌다. 셔터를 다시 눌러보니 오로라다. 보라색이 섞인 아름다운 빛깔의 오로라가 나타났다.

"와……."

외마디 탄성만이 새어 나왔다. 뷰파인더를 내리고 두 눈으로도 봐도 선명했다. 진짜 오로라를 보다니, 오색 빛에 홀린 나는 셔터를 연신 눌렀다. 남편에게 사진을 전송해주니 아이를 데리고 밖으로 나왔다. 눈앞에서 보이던 오로라가 머리 위로 올라가 있었다. 블라인드처럼 한 줄 한 줄 뻗어나가던 빛의 면적이 점차 넓어져서 커튼처럼 일렁였다. 오로라는 매순간 새로운 모습으로 움직이는 생명

체 같다. 이쪽에서 저쪽으로 빠르게 궤적을 그리며 장난스럽게 이동했다. 지호는 움직이는 오로라를 따라 고개를 휙휙 돌렸다.

오로라를 마음껏 촬영한 나는 카메라 장비를 철수했다. 일생의 가장 큰 행운을 좀 더 편안하게 즐기고 싶었다. 아이를 재우고 남편과 나는 의자를 끌고 밖으로 나와 추위도 잊은 채 차가운 맥주잔을 부딪쳤다. 자연이 만들어낸 가장 아름다운 빛을 두 눈으로 목격한 날을 기념하기 위해, 아이슬란드에 온 목적을 달성한 것을 기념하기 위해. 그 뒤로도 오로라는 하늘 위에서 한참 동안 일렁였다.

다음 날 아침 호텔에서 조식으로 나온 신선한 요거트와 과일, 빵으로 아침 식사를 했다. 별거 없는 아침이었지만, 우리에겐 특별했다. 아이슬란드에 와서 외식을 한 번도 하지 못했는데, 그 아쉬움을 달랜 순간이다. 외식비가 살인적으로 비싸기도 하지만, 따로 식당을 찾아다닐 여유가 없었다. 마트에서 산 핫도그빵에 소시지를 넣고 양파와 케첩을 볶아서 얹으면 아이슬란드의 명물인 〈bbp 핫도그〉가 부럽지 않았다. 그렇게 빵과 컵라면을 먹으며 부지런히 관광을 다니는 데 열중했다.

"이제 오로라도 봤으니 부지런히 가자."

아이슬란드를 떠날 날이 다가오니 동쪽에서 다시 서쪽으로 거슬러 갈 길이 멀다. 남편은 숙소까지 무사히 이동하는 데 주력했다. 하지만 여행은 늘 계획대로만 되는 게 아니다. 때로는 그래서 당황

스럽지만, 그게 묘미이기도 하다. 마치 인생처럼.

중간에 들른 기념품 가게에서 지호는 길에서 만났던 조랑말 인형을 골랐다. 옆을 돌아보니 오로라 사진엽서를 팔고 있었다. 전날 오로라를 실컷 촬영한 뒤라서인지 사진이 남다르게 다가왔다. 특히 눈 덮인 나무 사이로 오로라가 비치는 엽서가 유독 눈에 꽂혔다. 오늘은 북유럽풍 오로라를 한번 보고 싶다고 스치듯 생각했다.

숙소로 이동하는데 빗방울이 눈송이로 바뀌어갔다. 남편은 앞차가 지나간 바퀴자국을 따라 조심조심 핸들을 움직였다. 가는 길에 도로 옆 눈덩이에 빠져 있는 차도 간혹 보였다. 링로드는 제설작업이 부지런히 진행됐다. 하지만 숙소에 다 가서는 눈이 그대로 남아 있는 이면도로로 들어가 한참 애를 먹었다.

예상보다 한참 늦은 시간에 숙소에 도착했다. 건물 형체를 알아볼 수 없을 정도로 눈이 산더미처럼 쌓였다. 차를 주차장에 세웠다. 차에서 잠들었던 지호가 아빠 품에 안겨 주위를 바라봤다.

"눈이 언제 이렇게 많이 왔어? 눈사람 만들고 싶다!"

"우리 무사히 왔구나."

눈을 보고 환호하는 아이의 목소리가 비로소 남편의 얼굴에서 긴장감을 밀어냈다.

남은 야채와 삼겹살, 맥주를 꺼내 아이슬란드에서 마지막 만찬이나 다름없는 저녁 식사를 했다. 눈은 그치고, 오로라 지수도 높다. 오로라가 주로 활동하는 밤 11시가 다가왔다. 하늘에 선명한 초록색 빛이 한줄기 나타났다. 오로라다.

카메라를 챙겨 밖으로 나가니 온 세상이 눈 속에 파묻혀 있다. 엽서에서 본 오로라 사진을 떠올렸다. 하얀 옷을 입은 나무를 배경으로 마음에 드는 북유럽풍 오로라 사진을 몇 장 찍었다. 지호는 빛의 향연보다 두 손에 잡히는 눈덩이에 더욱 신이 났다. 바닥에 털썩 앉아서 눈밭에서 뒹굴었다. 눈으로 집도 만들고 성도 만들었다. 데굴데굴 굴러도 뽀드득한 새 눈이 넘쳐났다.

그렇게 아이슬란드 여행을 마무리하고 런던으로 갔다. 런던에서 즐거운 시간을 보낸 뒤 케플라비크 공항에 돌아와서 미국행 비

행기에 올랐다. 그때 갑자기 불어온 칼바람이 지호의 머리카락을 흐트러뜨리는 게 아닌가. 지호도 나도 웃음이 났다. 아이슬란드의 바람이 마지막 인사를 건넨 기분이 들었기 때문이다.

아이슬란드를 여행하며 세상 어느 곳보다 환상적인 풍경에 감동하고, 오로라를 사진에 담았다. 떠나기에 더 이상 아쉬울 게 없다고 생각했다. 하지만 노스캐롤라이나에 돌아와서 한두 달은 열병을 앓은 것 같다. 다시 오로라를 보러 가고 싶어 여행 지도를 뒤적였다. 밤하늘에 희미한 빛이라도 나타나면 혹시 오로라는 아닐까 뚫어지게 쳐다보는 습관도 생겼다. 머리 위에서 춤추던 찬란하고 매혹적인 에너지, 지금도 그 빛을 떠올리면 가슴이 두근거린다.

18

오스틴

나의 오랜 친구 같은
그 이름

눈부신 햇살과 초록으로 울창한 숲길. 길가에는 독특한 선인장이 줄지어 있다. 사람 냄새 나는 오래된 가게들이 보인다. 금빛 턱수염을 기른 남자와 스커트에 웨스턴 부츠를 신은 여자가 식당으로 들어왔다. 한 손에는 커다란 개의 목줄을 끌고 또 다른 손에는 아장아장 걷는 아이를 데리고 온다. 식당의 야외 테이블 아래에는 개를 위한 물그릇이 놓여 있다. 사람들은 갓 튀겨낸 나초 칩스를 먹으며 일찌감치 연한 맥주를 한 모금 마신다. 주문한 타코를 한 입 베어 무니 알싸한 핫소스에서 감칠맛이 느껴진다. 오스틴Austin에서 가장 행복했던 브런치 시간이 그렇게 지나갔다.

미국에서 맞이한 첫 연말, 텍사스를 향해 긴 여행을 떠났다. 텍사스 오스틴에 친한 선배 언니가 살고 있어 노스캐롤라이나에서 4,000킬로미터를 달려간 것이다. 12월 31일 밤, 오스틴에 도착하자마자 급하게 다운타운으로 뛰어 나갔다.

"5, 4, 3, 2, 1, 펑펑!"

높다란 빌딩 사이로 새해를 반기는 불꽃이 터졌다. 지호는 손을 뻗어 크게 환호했다. 오랜 여정 끝에 도착한 오스틴이 우리를 성대하게 반기는 듯했다. 선배의 아늑한 아파트에서 신년 중계를 보며 오스틴산 에일 맥주병을 부딪혔다.

날이 밝자 선배가 타코를 먹으러 가자고 말했다.

"브런치로 타코를 먹는다고요?"

삼시 세끼 흰 쌀밥만 해 먹던 우리는 아침부터 타코를 먹자는 제안에 갸우뚱하며 따라나섰다. 선배가 사는 집은 오스틴의 다운타운과는 조금 떨어진 조용한 거리에 있다. 작은 주유소와 낡았지만 아기자기한 가게들이 보인다. 오스틴은 미국에서 드물게 〈스타벅스〉가 지배하지 않는 도시다. 로컬 커피숍과 로컬 식당, 오래된 선술집이 아직도 건재하다. 새로 지은 깨끗한 건물보다, 조금 낡았어도 오래된 가게들을 좋아하는 나로서는 당장 문을 열고 들어가보고 싶은 곳들이 한두 군데가 아니다.

얼마 안 가 오스틴에서 가장 유명한 〈토치스 타코〉 체인점이 나타났다. 소고기, 닭고기, 계란, 베이컨, 연어 등 재료에 따른 타코 종류가 다양했다. 아보카도와 계란이 들어 있는 타코와 불맛이 강렬한 소고기 타코 두 가지를 먹었다. 부드러우면서 바삭하고, 고소하면서도 매콤한 그 맛! 그때부터 타코와 사랑에 빠졌다. 오스틴에 가면 가장 먼저 타코집으로 달려가곤 했다.

쾌청한 텍사스 하늘 아래 거리 산책에 나섰다. 1월인데도 낮 기온이 20도를 넘었다. 겹겹이 껴입고 온 겉옷을 벗고 마운트 보넬 Mount Bonnell의 언덕길을 걸었다. 한참 올라 가니 산자락에 강이 흐르고, 강변에 대부호들의 저택이 보인다. 텍사스 하면 흙바람 날리는 촌스럽고 황량한 대지를 떠올렸는데 새로운 풍경이다.

오스틴을 가로지르는 콜로라도 강줄기가 흘러온 레이디버드호수Lady Bird Lake에 가면 자연을 더 생생하게 느낄 수 있다. 호수가 강물처럼 넓고 깊어서 카누를 즐기는 사람들이 많다. 우리도 구명조끼를 입고 카누에 올라탔다. 카누에 앉아 호수 안으로 쓰윽 들어오니 잔잔한 호수가 열대우림의 아마존강으로 바뀌었다. 우리는 물속에 가지를 길게 늘어뜨린 나무들을 헤치고 지나갔다.

"저기, 거북이가 있어."

지호는 호수에 나들이 나온 거북이 가족을 보고 까르르 웃음을 터뜨렸다. 도심 속 색다른 야생의 풍경이다.

다운타운에 나가면 오스틴의 또 다른 모습을 볼 수 있다. 빌딩들이 화려한 스카이라인을 이루고 있어 현대적인 느낌이 물씬 난다. 그 한 가운데 잔디밭이 깔린 넓은 공원이 있다. 높은 빌딩숲의 열기를 시원하게 식히기에 충분한 녹음이다. 쾌적한 자연을 안고 있는 도시는 삶의 질이 높다. 사람들은 선글라스를 쓰고 가벼운 운동복 차림으로 나와서 산책을 한다. 개를 데리고 온 사람들은 물가에서 수영을 시키고, 아이들은 잔디밭을 뛰어다닌다. 오스틴의 평범한 주말 일상이다.

하루는 버스를 타고 시내로 나갔다. 텍사스 주청사는 텍사스대학교와 함께 오스틴의 대표적인 관광지다. 지호는 주청사 앞 잔디밭을 무척 좋아했다. 잔디밭에서 춤을 추며 뛰어다녔다. 으리으리한 주청사 실내에 들어가보니 천장 가장 높은 곳에 별이 박혀 있다. 텍사스의 상징인 론스타Lone Star다. 그들의 독립심과 자부심을 상징하는 별이다. 텍사스 역사박물관 앞에 서 있는 거대한 론스타는 넘치는 자부심에 위압적으로 다가오기도 한다.

텍사스의 또 다른 상징은 바로 부츠. 오스틴 사람들은 부츠를 즐겨 신는다. 나들이하는 가족이나 가게에서 만난 커플, 남녀노소 누구라도 부츠를 신은 모습을 자주 봤다. 언젠가 선배를 따라 오스틴의 홈 파티에 방문했을 때, 집 주인 부부가 찍은 웨딩 사진을 구경한 적이 있다. 사진 속 커플은 잔디 위에서 환하게 웃으며 신부의 들러리들과 함께 서 있다. 그런데 들러리들이 모두 미니드레스를 입고

웨스턴 부츠를 신고 있는 게 아닌가. 모든 패션을 뛰어넘는 그들의 부츠 사랑이 신기하고 재미있다.

오스틴을 제대로 즐기는 데 음악 또한 빼놓을 수 없다. 굴 요리를 먹으러 해산물 마켓에 갔을 때다. 시끌벅적한 그곳에서 색소폰, 트럼펫, 기타, 드럼의 4중주 밴드를 만났다. 오스틴은 음악의 도시라는 별칭답게 식당이나 공원에서 아마추어나 직장인 밴드의 공연이 자주 열린다. 음악을 좋아하고 즐기는 이들이 워낙 많기 때문이다.

젊은이들에게 핫한 6번가는 낮에는 통기타가 어울리지만 밤이 되면 쿵짝거리는 음악 볼륨이 높아지는 화려한 거리로 바뀐다. 이 가게에서 다음 가게로 지날 때마다 컨트리 음악에서 록으로 재즈로 장르가 획획 넘어간다. 오스틴이니까 가능한 일이다.

우리도 밤의 오스틴을 즐기기 위해 번화가에 위치한 엘리펀트 룸Elephant Room에 찾아갔다. 색색의 조명이 쏟아지는 최신식 클럽과 달리, 좁고 어둡고 오래된 바다. 로컬에서 유명한 흑인 트럼펫 주자인 에브라임 오웬스Ephraim Owens의 밴드가 온다고 해서 테이블이 꽉 찼다. 그는 탄탄한 흉근에 공기를 가득 넣으며 연주를 시작했다. 광이 나는 그의 트럼펫처럼 매끈한 소리가 났다. 세련되고 서정적인 멜로디가 사람들을 매료시켰다. 앞자리에 앉은 부부는 로맨틱하게 서로의 손을 꼭 잡았다. 그날의 공연은 두고두고 재즈에

대한 열망을 불러일으킬 만큼 감명깊었다.

"다시 태어나면 노스캐롤라이나가 아닌 오스틴으로 연수를 오고 싶어."

남편은 말했다. 시골을 좋아하고 도시에는 인색한 그도 오스틴을 유달리 마음에 들어 했다. 나는 다시 태어날 정도까지는 아니더라도 오스틴이 무척 매력적인 건 분명하다. 미국에 사는 동안 총 네 번이나 방문했으니 말이다. 언젠가 다운타운에 있는 오스틴 공공도서관에 잠시 머물 때, 옥상 테라스에 나갔다. 밖을 바라보니 시원한 강과 푸른 녹음에 둘러싸인 빌딩 숲이 펼쳐졌다. 책을 보고 담소를 나누는 젊은이들 사이에 자리를 잡고 앉았다. 눈앞의 풍경을 그리며 자유를 만끽한 시간은 나에게 오스틴 그 자체였다.

새로운 것과 오래된 것, 도시와 자연, 음악과 예술이 공존하는 곳. 멋과 낭만이 살아 있는 오스틴은 자꾸만 찾게 만드는 마성의 도시다. 미국에서 일상이 지루하고 휴식이 필요할 때면 한 번씩 그곳으로 훌쩍 떠났다. 지금 나에겐 어떤 곳이 그처럼 다채롭고 매력적인 휴식처가 되어줄 수 있을까.

대자연을 깨우는
나바호의 아침

여행을 다니면 저마다 스타일이 있다. 나와 남편은 아침잠이 많은 탓에 하루의 시작이 조금 늦는 편이다. 해가 떠 있을 때 하나라도 더 봐야 남는 여행객으로서는 손해가 이만저만이 아니다. 하지만 여행도 길어지면 일상이다. 억지로 다른 리듬으로 살아가기에는 무리가 있다.

우리는 늦게 움직이는 대신 석양과 별, 캠프파이어를 충분히 즐기고 다녔다. 반면에 일출을 챙겨본 적은 드물다. 여행을 다니며 일출을 제대로 목격한 최초의 여행지는 바로 나바호Navajo족의 성지라고 불리는 모뉴멘트 밸리Monument Valley다. 여행 계획을 짤 때부터 모뉴멘트 밸리의 일출은 꼭 봐야 하는 특별한 이벤트였다.

캠핑카를 타고 서부여행을 하던 중, 모뉴멘트 밸리를 구경하기 위해 나바호 자치구역에 발을 디뎠다. 모뉴멘트 밸리는 미국 남서부 유타주와 애리조나주의 경계인 미국 나바호 자치구역에 있다. 그곳은 미국 내 500여 인디언 부족 가운데 가장 큰 나바호족의 보호 구역이다. 엄밀히 말하면 미국 땅이 아니라 나바호족의 영토다. 미국에 있지만, 미국 땅이 아니라는 사실이 이방인인 우리에게는 꽤나 헷갈리는 이야기다. 하지만 여권을 검사한다든지 국경을 넘어야 할 필요도 없다. 그저 자연스럽게 이동하면 된다. 단 약간의 통행료를 지불해야 한다. 또 그곳은 미국과는 다른 서머타임을 적용하기 때문에 통행시 시곗바늘을 한 칸씩 앞뒤로 조절해야 하는 번거로움이 있다.

미국에 와서 처음 인디언을 접한 건 스모키마운틴에 갔을 때다. 오는 길에 인디언 마을 체로키Cherokee를 지나왔다. 스모키마운틴을 따라 체로키도 단풍이 예쁘게 물들어 있었다. 체로키에 진입하는 길에 작은 개울가가 보였다. 그 옆에 인디언 깃털 장식을 머리에 쓰고 있는 할아버지가 앉아 있었다. 5달러를 내면 함께 사진을 찍을 수 있다고 한다.

"자, 여기 봐주세요. 하나둘셋."

지호와 함께 할아버지는 인자한 미소를 지었다. 오래전 광활한

5달러를 내고 체로키에서 인디언 할아버지와 함께 사진을 찍었다.

대지를 뛰어다니던 인디언이 이렇게 좁은 의자에 앉아 기념사진을 찍으며 받는 팁으로 살아가고 있다니……. 사진 속 그의 미소가 왠지 쓸쓸해 보였다.

그랜드 캐니언과 뉴멕시코 산타페Santa Fe에서도 인디언 마을을 지났지만, 인디언이 가죽이나 나무, 은으로 만든 수공예품을 파는 가게가 마을의 전부다. 아름답지만 쇠락한 인디언 마을은 어딘지 모르게 헛헛하게 느껴졌다. 그에 비하면 수많은 관광객으로 가득 찬 나바호는 인디언 특유의 기운이 당당하게 풍겼다.

모뉴멘트 밸리로 가는 길에 들른 앤텔로프 캐니언Antelope Canyon 역시 나바호 자치구역에 속한 부족공원이다. 인디언들은 이곳에서 매우 적극적으로 관광 사업을 벌이고 있다. 1인당 40여 달러의 값비싼 입장료를 받고 가이드 투어를 운영 중이다.

앤텔로프 캐니언은 두 개의 지역이 있는데, 어퍼 캐니언과 로어 캐니언이다. 두 지역은 8킬로미터 가량 떨어져 있다. 캐니언의 위치에 따라 위아래로 나누어놓은 것이다. 어퍼 캐니언에서는 협곡 사이로 빛이 신비롭게 쏟아지는 광경을 볼 수 있다. 하지만 볼 수 있는 시간대가 한정되어 있고 차를 타고 한 시간가량 모래사막을 지나야 한다. 로어 캐니언에서는 철제 계단을 오르내리는 수고를 감수한다면 더욱 다채로운 협곡의 모습을 볼 수 있다. 우리는 아이를 데리고 좀 더 쉽게 갈 수 있는 로어 캐니언을 선택했다.

예약한 시간에 맞춰 투어 오피스를 방문했다. 그 안에는 간단한 샌드위치와 스낵을 파는 매점이 있다. 귀고리, 반지 같은 소품과 그림, 인테리어 장식품 등 다양한 인디언 공예품을 파는 기념품 가게도 보인다. 다른 곳에 비해 기념품들이 고가다. 매점에는 우리보다 먼저 와서 기다리고 있는 관광객들로 바글바글했다. 테이블에 앉은 중국인 단체 관광객은 화려한 스카프를 하나씩 두르고 앉아 컵라면을 먹으며 가이드를 기다렸다. 곧이어 가이드가 우리를 호명했다. 우리와 함께 가는 일행은 스무 명쯤 되어 보이는데 매점에서 봤던 단체 관광객이 대다수를 차지했다.

"뒤에 계속해서 다른 팀이 오니까 사진을 찍느라 시간을 끌어서는 안 돼요."

가이드는 줄을 지어 이동해야 하기 때문에 꼭 질서를 지켜야 한다고 당부했다.

앤텔로프 로어 캐니언의 입구를 향해 서부영화에 나올법한 황무지를 걸었다. 날씨가 더워서 모자와 선글라스, 생수는 필수다. 남편은 캠핑카에서 차가운 생수를 두세 통 챙기고, 배낭에 아기띠도 넣어왔다. 가파른 계단으로 이동해야 할지 모르기 때문이다.

캐니언 입구부터 철제 계단이 나타났다. 지호가 아빠에게 번쩍 안겨 좁은 계단을 내려갔다. 계단을 내려오니 고운 흙으로 만들어진 동굴 같은 요새가 나타났다. 사진에서 보던 환상적인 협곡 속으로 들어갔다.

"와, 진짜 포토제닉한 곳이다."

온화한 빛의 대기가 황금빛 사암을 타고 물결처럼 흘러내린다. 지금은 메말라 보이지만 물과 바람에 의해 만들어진 협곡이다. 모래 바위에 비가 내려 바위가 깎이고 바람이 불어 협곡이 다듬어졌다. 오랜 세월 이런 과정을 반복하며 지금의 굴곡이 생겨났다. 그런 협곡 속에 들어오니 이 세상이 아닌 환상적인 세계에 발을 들인 기분이 들었다.

사암에 새겨진 부드러운 곡선의 결은 시간의 흐름 같기도 하고 빛의 궤적 같기도 하다. 바람이 불고 흙이 깎여나간 흔적이 곱게 남아 있다. 마치 '사진'처럼 빛이 들어왔다가 빠져나가는 방향이 눈에 그려진다. 어떤 곳은 좁은 틈 사이로 햇볕이 비집고 들어와 또 다른 분위기를 만들어낸다. 영원이 만들어낸 세월의 조각이 찰나의 빛에 의해 새로운 공간으로 창조되고 있다.

"여기가 가장 유명한 곳이에요. 저 위에 자세히 보면 사람의 옆모습이 보여요."

긴 머리를 늘어뜨린 여신의 옆모습과 같은 캐니언이 나타났다. 시간과 빛, 바람과 흙이 만들어낸 자연의 위대한 합작품이다.

어느 각도에서 어떻게 찍든 화보 사진이 만들어졌다. 우리뿐 아니라 그곳을 관광하는 사람들은 지나가며 정신없이 셔터를 눌렀

다. 프레임 속 장면은 시간을 멈춘 것 같은 환상적인 경치인데, 실제 상황은 좁은 통로에 앞뒤로 사람들이 바글바글한 시장통 같다. 정신이 하나도 없다. 그 와중에 가이드의 눈치를 보며 사진을 찍고 바삐 줄을 따라가고, 또 사진을 찍고 줄을 따라가기를 반복했다.

"지호야, 걸을 만해? 안아줄까?"

"아니, 괜찮아. 혼자 걸을 수 있어."

사람들이 발을 디디며 지나가는 통로는 좁고 협소하다. 오르막과 내리막이 반복된다. 때로는 굴곡진 벽면을 흐르듯이 타고 넘어가야 한다. 지호는 마치 미로를 빠져나가는 놀이처럼 그곳을 지나는 것을 즐겼다.

환상적인 북새통인 앤텔로프 캐니언을 빠져나와 모뉴먼트 밸리로 향했다. 모뉴먼트 밸리로 가는 길에 남편이 캠핑카를 세웠다.

"여기서 사진 한 장만 찍어줘."

지호와 나는 영문을 모르고 캠핑카에서 내렸다. 남편은 내게 카메라를 쥐어주고 폴짝폴짝 점프를 하기 시작했다. 도로에는 차가 한산하다. 쭉 뻗은 길 끝에 평평한 산이 역광을 받아 희미하게 보인다. 우리가 멈춘 길은 영화 〈포레스트 검프〉에 나오는 유명한 검프 로드다. 그 영화를 좋아하는 남편은 주인공이 달리기를 멈췄던 곳에서 인증샷을 찍자고 한 것이다. 모뉴먼트 밸리는 〈포레스트 검프〉뿐 아니라 수많은 서부영화에 단골로 나왔다. 〈백 투 더 퓨처〉의 서

카메라 셔터를 열고 오랜 기다림 끝에 별의 궤적을 담았다.

모뉴멘트 밸리의 세 바위산이 보이는 캠핑장에서 모닥불을 지폈다.
어둠이 짙어지자 캠핑카 위로 은하수가 빛났다.

부시대 편에도 그곳이 나왔다는 사실을 뒤늦게 알았다. 〈백 투 더 퓨처〉의 광팬인 나도 요란한 인증샷을 못 찍고 지나친 게 조금은 아쉽다.

"여기 너무 멋있다. 이런 곳이 있다니……."

모뉴멘트 밸리로 다가갈수록 대지의 기운이 더 크게 느껴졌다. 광활한 대평원 지대에 우뚝 솟은 세 개의 산이 주는 느낌은 말로 표현하기 힘들 만큼 강렬하다. 이 산들은 로키산맥에서 내려온 퇴적물이 쌓여서 솟아난 곳이다. 멀리서 보면 마치 거대한 조각물처럼 그 형태가 매우 독특하다. 어떤 산은 우뚝 솟아 봉우리 모양이고, 또 어떤 산은 위가 평평하다. 장갑, 낙타, 코끼리, 마차 등 모양에 따라 다른 이름을 지녔다.

토양은 일관되게 붉다. 해가 서서히 넘어가자 대지와 바위산 사이로 핑크빛이 스며든다. 나바호족이 이곳만큼은 지키려고 피의 전쟁을 불사한 이유를 알 것 같다. 그곳에서 살아남은 인디언의 정기가 신비로운 기운으로 뿜어져 나온다. 모뉴멘트 밸리로 가까이 다가가려면 오프로드를 달리거나 트래킹을 해볼 수 있다. 바위산 가까이에 있는 인디언 숙소에 묵기도 한다. 하지만 캠핑카로는 지날 수가 없는 길이다.

우리는 캠핑장에서 바라보기로 하고 모뉴멘트 밸리의 세 바위산이 보이는 유타주의 캠핑장을 잡았다. 대지가 워낙에 넓고 평평해서인지 캠핑장은 허허벌판에 있는 느낌이다. 캠핑카를 세우고 밖으로 나왔다. 전망만큼은 역대 캠핑장 중 최고다. 조금 이른 저녁이지만 캠핑의자를 펴고 모닥불을 지폈다. 어둠이 짙어지자 별이 빛나기 시작했다. 카메라 셔터를 열고 오랜 기다림 끝에 별의 궤적을 찍었다. 프레임 한가득 별이 들어왔다.

별과 모닥불을 한참 즐기고 잠을 청했다. 몇 시쯤 되었을까. 알람 소리가 울리기 전에 잠에서 깬 것 같다. 캠핑카의 창문에 달린 커튼을 젖혔다.

"아, 지금이다."

점퍼를 걸치고 카메라를 쥐었다. 눈을 비비며 캠핑카 문을 열었다. 모뉴멘트 밸리는 아름다운 일출을 꼭 봐야 하는 명소로 유명하다. 늦잠을 잘까 봐 걱정했는데, 다행히 일출을 볼 수 있겠다. 까맣던 세상이 조금씩 갈라진다. 대지의 실루엣이 드러나며 하늘이 본연의 푸른빛을 회복해간다. 그 가장자리에는 아직 초승달이 자리를 떠나지 못하고 있다. 해와 달과 별이 동시에 떠 있는 감동적인 순간. 빛의 온기가 장엄한 모뉴멘트 밸리를 뒤덮었다.

인기척을 느낀 남편이 슬리퍼를 끌며 캠핑카 밖으로 나왔다. 둘 다 말없이 서서 해가 떠오르는 장면을 숨죽이며 지켜봤다. 검은 실루엣이 사라지고 붉은 대지가 서서히 드러난다. 각양각색의 바위산을 타고 눈부신 햇살이 퍼진다. 태고적부터 시간이 멈춘 듯한 나

바호의 신성한 자연. 아주 먼 과거에서부터 저 빛의 기운을 얻어 살아온 인디언의 눈을 빌어 바라본다. 늑대가 울부짖는 밤이 지나고 동이 터오는 아침은 언제나 내 편이었다.

"이제 다음 목적지로 슬슬 가볼까?"

해가 떠오르고도 한참을 캠핑의자에 기대어 바라봤다. 한낮의 강렬한 대지만으로도 충분하다고 생각했는데……. 모뉴멘트 밸리의 일출은 신성한 나바호의 자연만큼이나 경이로웠다. 고요한 밤하늘과는 또 다른, 넘치는 생명력을 듬뿍 느끼며 다시 새로운 하루가 시작되었다.

꿈과 환상의
테마파크 투어

"뉴욕 사람들은 플로리다에 가서 겨울을 나곤 해요. 반대로 플로리다 사람들은 여름에 동부로 나오죠. 한여름의 플로리다는 지독하게 덥거든요. 그래도 한번쯤 가보면 왜 그곳이 파라다이스로 불리는지 알게 될 거예요. 특히 아이들에게 천국같은 곳이죠."

뉴욕 맨해튼 출신의 ESL 선생님 수잔은 말했다. 미국에 와서 이듬해 봄에 플로리다주 올랜도Orlando에 처음 갔다. 올랜도에는 디즈니월드와 유니버설 스튜디오를 비롯한 테마파크가 몰려 있다. 아이들의 겨울방학인 12월에서 2월 즈음이 성수기다. 우리는 성수기를 피해 4월 말에 올랜도를 여행하기로 일정을 잡았다. 4월이 되자 노스캐롤라이나는 서서히 기온이 올라 훈훈해졌다. 올랜도의 날씨는 이미 한낮의 기온이 28도를 넘었다.

노스캐롤라이나에서 10시간을 달려 올랜도에 진입했다. 멀리서 롤러코스터와 미끄럼틀이 보이기 시작한다. 도로에는 교통체증도 있고 난폭한 운전을 하는 차량에 깜짝깜짝 놀라기도 하지만, 올랜도에 들어왔다는 게 실감났다. 창밖으로 테마파크가 나타나고 난 뒤에는 거대한 아울렛이 또 한 차례 지나간다. 올랜도는 아이에게만 천국이 아니다. 큰 아울렛이 많아서 쇼핑하기에도 더없이 좋다. 날씨는 덥고 화창한데다 놀 거리 쇼핑 거리 먹을 거리가 넘쳐나는 곳. 올랜도는 금전적 여유가 넘쳐난다면 언제까지고 머물고 싶은 그런 도시다.

올랜도에 도착해서 키씸미의 캠핑장에 갔다. 우리는 캠핑장에서 저렴하게 숙식을 해결하고 테마파크 입장권에만 비용을 투자하기로 했다. 키씸미 캠핑장은 매우 조용했다. 아스팔트가 깔린 길을 따라 텐트 자리가 서너 칸 마련되어 있다. 대부분 커다란 캠핑카를 갖고 와서 장기 투숙하는 이들이 많다. 낮에는 조금 덥고, 밤에는 약간 선선하다. 모기도 아직 없고 딱 적당한 날씨다. 캠핑장 안에 수영장 시설이 잘 되어 있어 낮에 실컷 돌아다니다가 캠핑장에 돌아와서는 수영장으로 직행했다. 뜨끈한 자쿠지 풀에 몸을 담그고 밤 하늘을 바라보면 하루의 고단함이 싹 풀렸다.

올랜도 캠핑장에 묵으면서 나사 존슨 우주센터와 레고랜드, 유니버설 스튜디오에도 다녀왔다. 레고랜드는 레고를 좋아하는 아이에게 최고의 놀이동산이다. 놀이기구보다는 레고로 만들어놓은 조립물이나 피규어들을 보는 재미가 있다. 조금은 귀여운 놀이기구들이 초등학생 이전의 아이들에게 적당한 수준이다.

"그런데 엄마 더 무서운 건 없어?"

지호는 좀 더 빠르고 스릴 있는 놀이기구를 타고 싶어 했다.

"그래, 디즈니월드에 가자. 거기 가면 있을 거야."

올랜도의 모든 것은 디즈니에서 시작해 디즈니로 끝난다 해도 과언이 아니다. 올랜도 캠핑장 안에서는 하루 종일 디즈니 채널이 나왔다. 밖에 나가면 한 블록에 하나씩 디즈니 기념품을 파는 가게가 나타났다.

드디어 디즈니월드에 가는 날. 키씸미 캠핑장에서 디즈니월드 리조트 안의 캠핑장으로 숙소를 옮겼다. 디즈니월드를 편하고 저렴하게 오가려면 그곳의 캠핑장에서 묵는 것도 괜찮을 것 같다고 생각했다. 리조트 안의 호텔은 하룻밤 숙박비가 최소 300달러에 달한다. 우리가 잡은 캠핑장도 텐트 사이트의 하루 이용료가 70달러가 넘는 비싼 값이다.

커다란 아치가 세워진 디즈니월드 입구를 통과하면서 미국 안에 있는 또 다른 왕국에 발을 들이는 기분이었다. 우리가 묵을 디즈니 캠핑장 게이트에 차를 세우고 체크인을 했다. 사파리 모자와 조끼를 착용한 직원이 맞이했다. 그는 첫 방문을 기념하는 디즈니 배지를 주며 친절하게 안내해줬다.

통나무집으로 만들어진 비지터 센터에 들어갔다. 내부는 넓고 소파나 의자 등 편의시설이 잘 갖춰져 있다. 텔레비전에서 옛 디즈니 만화가 상영되고 있다. 아이들의 눈높이에 맞게 텔레비전이 낮게 설치되어 있는 게 눈에 띈다. 리조트 안은 비지터 센터 외에도 어마어마하게 넓어서 배를 타는 선착장, 승마장, 수영장 등의 시설이 있다. 표지판이나 가로등, 화장실 잠금 키까지 어딜 가든 미키마우스 모양을 발견할 수 있다.

캠핑장 안으로 들어가자 한적하고 조용한 숲이 나타났다. 우리가 이틀간 묵을 캠핑장이다. 텐트 사이트의 가장자리를 큰 나무들

이 둘러싸고 있어서 선선하고 청량하다. 텐트를 펼쳐놓으니 산속에 오붓하게 들어앉은 느낌이다. 여기가 디즈니월드인지 밖으로 나가지 않으면 모를 것 같다.

짐을 간단히 풀고 본격적으로 디즈니월드로 출발했다. 디즈니월드로 가기 위해서는 배를 타고 호수를 건너야 한다. 습지가 많은 저지대인 플로리다에는 강보다 호수가 많다. 그런 습지에 악어가 살고 있다. 악어는 플로리다의 상징이기도 하다. 우리가 묵는 텐트사이트에서 걸어 나와 버스를 타고 몇 정거장을 지났다. 디즈니월드에 들어가는 배의 선착장에 다다랐다. 배를 타고 야외 의자에 앉아 시원한 바람을 맞았다. 삼십 분 정도 가니 멀리서 신데렐라성이 보였다. 배에서 내려 보안검색대를 통과하고 드디어 입장!

"어서 오세요, 프린세스."

디즈니월드의 직원들은 저마다 상냥하게 지호에게 인사를 건넸다. 누구보다도 아이들을 주인공으로 만들어주는 친절함이 참 반가웠다. 매직킹덤에 입장하자마자 보이는 건 엄청난 인파와 디즈니월드의 상징과도 같은 신데렐라성이다. 멀리서 봐도 하얗고 뾰족한 기둥이 예쁘장하다. 신데렐라성으로 가는 길에 사람들이 멈춰서서 사진을 찍느라 바쁘다. 우리도 지호에게 미키마우스 머리띠를 씌우고 부지런히 셔터를 눌렀다.

"와, 도날드다!"

지호가 눈을 동그랗게 뜨고 외쳤다. 멀리서 사람들의 환호성이 들린다. 퍼레이드가 시작됐다. 커다란 퍼레이드 카에 도날드덕이 타고 온다. 미키와 미니를 비롯해 디즈니의 캐릭터들도 하나씩 등장했다. 인형 탈을 쓴 사람이라는 걸 뻔히 알면서도 두근거리는 이 마음. 파란 하늘 아래 펼쳐진 퍼레이드 행렬은 축제의 시작을 알리는 듯했다. 퍼레이드 카가 다 모이고 난 뒤 댄스파티가 시작됐다. 지호도 다른 아이들 틈에 섞여 열심히 춤을 췄다.

"엄마, 빨리 타러 가자."

"그래. 뭐부터 탈까?"

디즈니월드에서 놀이기구를 타면서 느낀 점은 저마다 스토리가 있다는 점이다. 디즈니의 엄청난 콘텐츠로 만들어진 놀이동산이기 때문일 것이다. 모든 놀이기구마다 재미를 주는 방식은 다르지만, 기승전결의 스토리를 보여준다.

보트를 타고 물길을 지나는 후룸라이드에도 스토리가 있다. 나쁜 늑대가 토끼들을 계속 괴롭히다가 토끼의 반격이 성공, 결국 늑대가 벌을 받는다는 내용이다. 마지막에 보트가 거의 수직 낙하하는 길을 내려오기 직전에 동굴 안에 어둠이 깔리며 등장인물들의 갈등도 최고조에 달한다. 보트가 가파른 내리막길을 내려온 뒤에는 한껏 긴장했던 마음이 풀리며 다시 평화로운 토끼마을을 볼 수 있다. 물보라를 뒤집어쓴 뒤라 웃음이 계속 새어나온다. 해피엔딩을 보고 기분 좋게 보트에서 내렸다.

지호가 후룸라이드와 함께 제일 좋아했던 놀이기구는 역시나 롤러코스터다.

"와, 너무 재밌고 신나! 한 번 더 탈래."

지호는 제대로 된 놀이기구나 롤러코스터를 타본 게 이번이 처음인데도 겁이 하나도 없다. 지호가 꽂힌 롤러코스터는 매직킹덤에서 가장 무서운 놀이기구다. 어른이 타도 머리가 빙글빙글 어지럽고 간혹 너무 빨리 달려서 무섭기도 하다. 지호는 해가 진 뒤에도 몇 번씩이나 더 타자고 노래를 불렀다.

디즈니월드는 불꽃놀이로도 유명하다. 9시 정각이 되자 신데렐라성에서 펑펑 하고 불꽃이 터지기 시작했다.

"와, 예쁘다. 나 팅커벨 봤어."

팅커벨이 날아오며 시작된 불꽃은 20여 분간 이어진다. 불꽃놀이에도 디즈니의 모든 스토리가 총출동한다. 디즈니의 테마곡이 흘러나오는 대로 아이들은 따라 부르기도 한다. 나쁜 마법사의 저주를 이겨낸 공주들이나 씩씩하게 행복을 찾은 주인공들의 이야기가 성벽 전체를 스크린처럼 활용해 펼쳐진다. 불꽃놀이라기보다는 불꽃과 조명을 이용한 하나의 쇼나 다름없다.

디즈니에서 그렇게 이틀을 쉼 없이 즐겼다. 캠핑장으로 돌아오면 밤 12시가 다 되었고, 지호는 오는 동안 곯아떨어졌다. 하루 종

디즈니월드의 퍼레이드와 불꽃놀이.

일 발바닥이 지끈지끈할 정도로 걸어 다니다가 돌아온 곳이 텐트라서 조금은 불편하기도 했다. 샤워장에서 따끈한 물로 찜질을 하고 나서 캠핑의자에 앉았다. 별을 보며 맥주 한 캔을 마시면 피로가 싹 풀리는 듯했다. 자정이 다 된 시간에는 숲속 캠핑장도 고요했다. 간혹 음식을 찾으러 온 너구리가 비닐 봉지를 뒤져서 깜짝 놀라게 하기도 했지만 말이다. 낮에는 아이와 신나게 테마파크를 돌아다니다가 밤이 되면 고즈넉한 자연 속에서 캠핑을 즐길 수 있다는 게 더없이 행복했다.

디즈니월드가 동심을 불러일으키는 꿈과 환상의 세계라면, 유니버설 스튜디오는 거대한 자본과 기술력의 세계다. 유니버설 스튜디오는 입구에서부터 느낌이 달랐다. 몇 걸음 안 내디뎠는데 놀이기구보다 상점이 더 많이 나타난다. 레스토랑, 호프집, 기념품 가게가 즐비해 있다. 여차하다가는 입장료보다 더 많은 돈을 쓰기 십상이다. 그리고 역시나 엄청난 인파의 물결. 북적이는 사람들 사이에 전동 휠체어를 타고 다니는 장애인과 노약자가 자주 보였다. 그들은 테마파크를 자유롭게 거닐뿐더러, 놀이기구도 탑승한다. 비장애인과 다를 바 없이 행복한 얼굴로 즐겁게 놀이동산을 누비는 모습은 인상적이었다.

유니버설 스튜디오는 영화를 토대로 모든 놀이기구가 만들어져 있다. 그래서 하나씩 탈 때마다 한편의 영화를 감상하는 느낌이다. 전 세계적으로 흥행에 성공한 영화들을 가지고 만든 놀이기구는 기술적으로도 진보해 있었다. 3D, 4D 기술을 통해 마치 영화 속 주인공이 된 것처럼 엄청난 재미를 선사했다.

그중에서도 제일 인기 있는 코너는 해리포터 마을이다. 한참을 걸어서 제일 위쪽에 있는 해리포터 마을에 다다랐다. 커다란 드래곤이 건물을 휘감고 있다. 영화 〈해리포터〉 속 기차와 기차역, 상점들, 분수대까지 모든 것을 그대로 재현해놓았다. 해리포터 마을에는 아이나 어른 할 것 없이 사람들이 더 많이 북적거렸다. 그들은 해리포터가 다녔던 호그와트의 교복을 입고 한 손에는 마법지팡이, 한 손에는 버터비어를 들고 다녔다.

"아쉽다."

테마파크에서 하루종일 놀다가 문닫을 시간이 되어서야 유모차를 밀고 빠져나올 때면 지호는 매번 '아쉽다'는 말을 되풀이했다.

"롤러코스터도 세 번이나 탔는데 뭐가 아쉬워."

그런데 다음 날 올랜도에서 집으로 돌아올 때가 되니 내 입에서도 '아쉽다'는 말이 절로 나왔다. 올랜도의 시간은 언제나 빠르게 흘러갔다. 행복지수가 끝없이 상승하던 곳. 어린 지호와 깜깜한 밤까지 함께 비명을 지르며 놀이기구를 타고, 펑펑 터지는 불꽃놀이를 보던 시간은 소중한 추억으로 남았다.

낮에는 사람들로 북적이는 테마파크에서 동심으로 돌아가 들뜬 기분을 즐겼다. 밤이 되면 한적적한 캠핑장에서 고요함을 한껏 누렸다. 그래도 돌아갈 시간이 되니 아쉽기는 마찬가지다. 롤러코스터를 몇 번이나 탔건, 얼마나 즐거웠건 상관없이 아쉬운 건 아쉬운 거다. 언제나 한 번뿐인 순간이 사실은 마지막이고 늘 아쉽다. 그 아쉬움의 의미를 우리는 이제야 어렴풋이 알아가는 듯하다.

Road Trip 3

여행의 끝에서
비로소 알게 된 것들

냥이들과 4,000킬로미터 미국 횡단 대장정

"여기 어디쯤인 것 같은데…… 아, 여기 있다!"

시카고에 갔을 때다. 남편이 길을 지나가다가 골목 어귀에서 무언가를 찾았다. 그가 찾은 건 다름 아닌 루트66 표지판이다. 루트66의 시작점이 바로 시카고에 있다. 남편은 아이처럼 천진한 모습으로 루트66 표지판이 붙은 길쭉한 봉에 대롱대롱 매달렸다. 나보고 똑같이 붙잡아보라기에 '내가 왜?'하며 정색을 했다. 도대체 왜 루트66 표지판이 그렇게나 좋고 반가웠던 걸까? 그 사진은 이듬해 루트66 대장정의 시작이 되었고, 4,000킬로미터를 달리고 나서야 비로소 그 해답을 얻었다.

"루트66을 한번 달려보자."

여행 계획을 주도하는 남편이 강력하게 말했다.

"루트66이 어딘데?"

"시카고에서 서부까지 미국을 횡단하는 거야."

"으응? 그럼 며칠이나 걸리는데?"

"날짜는 잡아봐야지."

"그럼 냥이들은 어쩌고?"

"이번에는 데리고 가자."

"정말?"

루트66 횡단은 최장 거리이자 최장기 여행이 될 코스였다. 우리가 왜 그 길을 달려야 하는지 이유를 몰랐지만 깊게 고민하지 않았다. 루트66을 지나면 내가 가보고 싶던 캔자스와 중서부 지역을 거쳐갈 수 있으니까. 매번 그랬듯이 일단 떠나보기로 했다.

이번 여행은 고양이들도 데려갈 준비를 했다. 우리 집 고양이는 두 마리다. 큰 아이 초코는 스코티시폴드로 검은 냥이다. 성격이 엄청 온순하고 순둥이 그 자체다. 어릴 때 브리더의 손에 태어나 고생을 적지 않게 했다. 둘째 제시카는 페르시안 냥이다. 동물병원 선생님이 아끼던 탐의 딸내미로 곱게 나고 자라 우리 집에 왔다. 식탐이 많지만 말귀를 쏙쏙 알아들을 만큼 영특하다. 제시카는 초코에 비해 낯선 사람에게 낯가림이 적다. 적극적인 제시카라면 바깥 여행을 감당할 수 있겠지만 내성적인 초코는 조금 걱정이 됐다. 하지만 미국에 오니 강아지는 당연하고 고양이까지 데리고 장거리 여행을 다니는 경우를 종종 봐왔다. 그래. 이번에는 다 같이 가보는 거야.

다행히 이번 여행은 방금 공장에서 나온 새 캠핑카를 타고 가기 때문에 냥이들과 쾌적하게 다닐 수 있을 것 같다. 남편이 크루즈아메리카 사이트를 매일같이 들어가서 클릭한 끝에 운 좋게 예약한 차량이다. 새 차인데 하루 렌트비가 50달러로 저렴하다. 시카고 공장에서 막 나온 따끈따끈한 캠핑카를 전국 각지로 운송해 주는 대가로 가격 할인을 해주기 때문이다.

여행에서 가장 힘든 과정은 바로 짐 싸기. 4월인데 과연 추울까? 얼마나 추울까? 혹시 몰라서 반팔부터 얇은 패딩까지 챙겼다. 수면조끼와 두꺼운 패딩, 담요, 베개, 장난감, 변기 커버와 발판 등 지호 짐만 해도 한가득이다. 무엇보다 이번 여행에는 냥이들의 짐도 만만치 않다. 냥이들의 사료와 화장실, 모래, 간식 캔, 물그릇으로 트렁크의 반을 채웠다. 또 다른 가방은 간단한 식기와 라면, 쌀 등 캠핑 짐으로 가득 찼다. 이번 여행은 국내선 비행기를 타고 시카고로 갔다가 올 때는 샌프란시스코San Francisco에서 돌아온다.

초코와 제시카는 국내선 좌석을 예약할 때 미리 전화해서 자리를 잡았다. 반려동물은 케이지에 넣어서 비행기 앞좌석 아래 빈 공간에 두고 타야 한다. 비행기마다 기내 반입 가능한 반려동물 수가 제한되어 있기 때문에 예약은 필수다. 예약을 완료하고, 출발 당일 공항에서 탑승 요금을 결제하면 된다.

드디어 떠나는 날, 일찌감치 집을 나섰다. 공항에서 항공권을 끊는데 승무원이 케이지 속 냥이들에게 눈을 맞추며 인사를 해준다. 한 마리당 150달러의 요금을 결제했다. 공항 검색대를 통과할 때는 냥이들을 케이지에서 꺼내 안아야 했다. 3시간가량 비행시간 동안 초코와 제시카는 조금 냥냥거리며 울기도 했다.

마침내 시카고 공항에 도착했다. 시카고 공항은 무척 붐비고 혼잡했다. 냥이들을 넣은 케이지와 트렁크를 이고지고, 지호의 유모차를 밀며 공항을 힘겹게 빠져나왔다. 캠핑카를 받는 오피스에서 짐을 줄줄이 늘어놓고 기다렸다. 이번에도 5인승 캠핑카를 빌렸다. 고양이들이 맨발로 다니기 때문에 빗자루를 하나 마련해서 매일같이 캠핑카를 쓸고 닦았다. 바닥에는 냥이 화장실과 물그릇을 놔줬다. 차가 움직일 때는 물그릇을 치워야 한다. 냥이들도 차가 움직일 때는 꼼짝 않고 의자에 앉아 있거나 케이지 속에 쏙 들어가 있었다. 여행 중반 이후부터는 제시카도 서서히 바깥 구경에 맛 들려서 보조석에 앉기를 즐겼다. 창문 옆에 딱 붙어서 루트66의 낭만적인 경치를 함께 바라봤다.

시카고에서 출발해 본격적으로 루트66 길 위에 올랐다. 루트66은 시카고에서 캘리포니아주 LA의 산타모니카Santa Monica를 잇는 길이 3,945킬로미터의 국도다. 일리노이에서 출발해 미주리-캔자스-오클라호마-텍사스-뉴멕시코-애리조나-캘리포니아까지 자그마치 8개의 주를 통과한다. 우리는 약 보름간의 일정을 계획했다. 매일 대여섯 시간씩 달려야 하는 빡빡한 여정 때문에 남편과 적잖은 충돌이 예상되었다.

미국인들에게 루트66이 로망인 이유는 그 길만의 향수어린 풍경 때문이다. 동부에서 서부를 관통하는 최초의 길. 서부개척시대에 수많은 사람들이 부푼 꿈을 갖고 이 길을 지났다. 하지만 더 넓고 빠른 고속도로가 닦이면서 루트66은 버려진 길이 되었다. 그럼에도 아직까지 사람들이 이 길을 찾는 이유는 낡고 느리지만, 흥망성쇠를 모두 겪어낸 루트66이 주는 매력이 있기 때문이다.

우리에게는 조금 낯설더라도, 루트66은 미국의 로드트립에서 빼놓을 수 없는 성지다. 루트66을 따라 달리다보면 곳곳에서 루트66을 상징하는 명소들을 구경할 수 있다. 첫 번째로 루트66을 발견한 곳은 일리노이주의 윌밍턴에 있는 자이언트 제미니다. 로켓을 들고 있는 거대한 사람 형상의 동상이 있다. 이제 이 길을 가다보면 어딜 가든 '루트66'의 표시를 발견할 수 있겠구나. 갑자기 흥미로워졌다.

링컨 묘소를 지나 마트에서 장을 봤다. 캠핑카 안에는 미니 냉장고가 설치되어 있다. 냉동고도 얼음이 유지될 정도로 성능이 좋다.

한인마트에서는 김치와 삼겹살, 고추장을 사고, 일반 마트에서는 식빵, 베이컨, 계란, 로메인 상추, 맥주, 생수를 담았다. 장거리 여행이라 차에서 지호가 갖고 놀 장난감을 챙기는 것도 잊지 않았다. 평소에 좋아하는 인형, 로봇, 자동차, 태블릿PC 등을 집에서 가져왔다. 스케치북과 색연필 세트도 준비했다. 캠핑카 테이블에 앉아서 그림을 그리고 일기도 쓰기로 했다.

이튿날 미주리주로 접어들었다. 버드와이저 공장을 구경하고 세인트루이스의 거대한 게이트웨이 아치를 지났다. 게이트웨이 아치는 미시시피강 앞에 있는 국립기념비다. 192미터의 높이로 무척 높다. 루트66을 지나는 여행자들에게 게이트웨이 아치는 동부에

미주리주에서 차 바퀴에 고드름이 얼 정도로 날이 추웠다.
제시카는 창가에 앉아 바깥 경치를 바라보기를 즐겼다.

서 서부로 지나가는 관문이라는 의미가 크다. 떠나온 내내 날이 흐리더니 비가 내렸다. 기온이 싸늘하다. 밤새 기온이 영하로 떨어져 차에 얼음이 얼었다. 지호는 아빠와 차 바퀴에 달린 고드름을 만지며 신기해 했다.

캔자스시티로 접어들자 비가 눈으로 바뀌어갔다. 아마도 미국의 널찍한 지도 한가운데쯤에 도달한 것 같다. 캔자스시티는 캔자스와 미주리에 걸쳐 있는데, 사람들이 아는 곳은 대개 미주리주 쪽이다. 캔자스시티는 재즈로도 유명하다. 재즈박물관도 있고 공연도 자주 열린다. 우리는 그곳을 지나는 일요일 아침, 브런치 공연을 하는 피닉스 바에 들렀다.

캠핑카를 주차하고 진눈깨비를 맞으며 5분가량 걸었다. 도시는 무척 조용했다. 옷을 툭툭 털며 레스토랑 문을 열고 들어가자, 아늑한 공간이 나타났다. 중장년대의 부부들이 정숙하게 앉아 공연을 감상하고 있다. 앞쪽에서 피아니스트와 여성 보컬의 공연이 펼쳐지는 중이다. 그들도 모두 중년 이상의 연배로 보인다. 보컬의 소리는 흑인 특유의 소울이 느껴지면서도 세련된 감성이 살아 있다. 대중적인 재즈이지만 충분히 그 공력이 느껴진다.

따뜻한 브런치를 먹고 밖으로 나오니 촉촉했던 눈송이가 포슬포슬한 함박눈으로 바뀌어 있었다. 넬슨아킨스 박물관으로 갔다. 입구에 커다란 배드민턴 셔틀콕 조형물이 독특한 곳이다. 박물관

안은 지금껏 가본 곳 중에 가장 고급스러웠다. 대리석으로 세워진 내부가 밝고 웅장했다. 우리와 함께 한 가족이 들어왔다. 원피스를 입은 엄마, 양복을 입은 아빠를 따라 초등학생으로 보이는 소년이 셔츠에 보우타이를 매고 들어왔다. 나름대로 한껏 격식 차린 복장이다. 휴일의 박물관 나들이를 즐기는 미국 중부의 소박한 일상이 느껴졌다.

미주리를 지나 캔자스로 접어들자 엄청난 돌풍이 불기 시작했다. 캠핑카는 큰 부피에 비해 차체가 가벼워서 흔들림이 심하다. 위험한 고비를 몇 번 지나 가까스로 오즈의 마법사 박물관에 도착했다. 오즈의 마법사 박물관은 루트66 경로는 아니지만 일부러 길을 꺾어서 왔다.

캔자스에 와보니 왜 사람들이 이곳에 잘 오지 않는지 그 이유를 알 것 같다. 바람 부는 흐린 날씨와 횡한 도시가 전부다. 그래도 궁금했던 캔자스 땅을 밟았으니 이번 여행의 일차적인 목표는 달성한 셈이다.

인적이 없는 들판으로 나오자 누런 갈대가 무성하다. 비포장도로를 달려 톨그래스 보존지역으로 들어갔다. 캔자스에서 힘없이 고개를 꺾은 갈대들을 보다가 오클라호마로 오니 그 위에 바이슨 떼가 더해졌다. 세찬 바람에도 끄덕 않고 유유히 들판을 거니는 바이슨. 그 모습이 섬세한 갈대밭과 어우러져 근사했다. 캠핑카는 오클라호마를 본격적으로 달리기 시작했다. 달리는 내내 사람은 보이지 않고 들판 위에 블랙앵거스만 계속해서 나타났다.

루트66은 참 신기한 길이다. 고속도로에서 한 칸 내려왔을 뿐인데 마치 평행우주를 지나는 듯, 같은 공간의 다른 시간대를 지나는 느낌이다. 그동안 봐 왔던 익숙한 경치와는 전혀 다르게 정적이고 예스러운 풍경들이 이어진다. 하나씩 나타나는 루트66의 상징들은 낡은 길 위에 하나씩 불을 밝히는 등대처럼 나그네들의 이정표로 그 자리를 지키고 있다.

루트66의 또 다른 명소, 〈팝스 아카디아〉도 그러했다. 미국인들

이 좋아하는 소다 음료를 파는 상점인데, 그 앞에 콜라병을 닮은 커
다란 조형물이 우뚝 서 있다. 거대한 콜라병의 흰 뼈대 사이로 빛과
그림자가 동시에 새어나왔다. 가게 안의 진열장은 갖가지 소다 음
료가 조명을 받아 보석처럼 은은하게 빛났다.

　여행이 무르익으며 냥이들도 적응을 해갔다. 소심한 초코와 달
리, 제시카는 예상보다 훨씬 더 캠핑카 여행을 즐기는 눈치다. 차가
달릴 때나 멈출 때나 창밖을 빼꼼히 내다봤다. 지호는 테이블 위에
서 그림을 그리고 노래를 불렀다.

　지호가 이번 여행에서 꽂힌 노래는 〈오 수재너〉.

멀고 먼 앨라배마 나의 고향은 그곳,

밴조를 메고 나는 너를 찾아왔노라.

가사 뜻도 모르고 부르지만 점차 목청이 커졌다. 운전대를 잡은
남편도 덩달아 따라 불렀다. 털털거리는 캠핑카가 노랫소리로 가
득찼다. 하루에 400킬로미터씩 장거리 운전을 하는 남편은 트럭
운전수처럼 적성에 맞다고 했다. 저녁밥을 거하게 차려주면 맛있
게 먹고 세상에서 누구보다 행복해했다.

오클라호마를 떠나기 전 마지막으로 들른 곳은 볼거리가 가득
했던 루트66 박물관이다. 박물관 앞에서부터 루트66 표시가 여기
저기에 새겨져 있다. 루트66이 그려진 자동차, 조명, 표지판 등을
가져다놓고 세트장처럼 꾸며놓았다. 성인 1인당 7달러의 입장료
를 받고 있다. 루트66 여행자라면 누구나 한번쯤 들르지 않고는 못
배길 장소임에 틀림없다. 우리처럼 루트66을 지나는 관광객들을
만났다. 노부부도 있고 아이를 데리고 있는 가족도 있다.

박물관 안은 마치 우리나라의 70~80년대를 떠올리듯 추억의
주유소와 자동차, 레스토랑 등 옛 것으로 가득 차 있었다. 한 코너
에는 꽃무늬가 알록달록 그려진 캠핑카가 있다. 이렇게 예쁘고 아
담한 캠핑카가 있으면 참 좋겠다. 짐 가방을 한가득 싣고 있는 클래
식 카도 나쁘지 않다. 이미 떠나 왔으면서 낭만을 싣고 떠나는 전시

물에 관심이 쏠리는 이유는 무얼까? 똑같은 추억은 아니지만, 그런 추억과 향수를 소중히 여기는 마음은 왠지 알 것 같다. 옛것과 지나간 것에 대한 그리움은 누구나 갖고 있으니까.

드디어 텍사스로 접어들었다. 루트66의 볼거리인 캐딜락 랜치라는 곳에 갔다. 시골마을을 달리다보니 넓고 평평한 옥수수 밭이 나타났다. 넓은 빈 땅에 차를 대충 세워두고 내려서 걸었다.

바람이 세차게 분다. 뒤를 돌아보니 사람들이 돌풍을 뚫고 하나 둘씩 걸어온다. 앞에는 멀리 보이는 자동차들. 캐딜락 자동차 열 대가 일렬로 땅에 박혀 있다. 자동차에는 수많은 사람들이 지나가며 직접 뿌린 스프레이 페인트로 여러 문양과 글씨가 겹쳐져 있다. 이 폐허 같은 풍경은 또 어떤 의미란 말인가. 지나가는 길에 남아 있던

쇠락한 도시의 잔해들이 오버랩되는 그림이다.

사람이 떠난 낡은 주유소에는 버려진 기계들이 그대로 놓여 있었다. 부지런히 치우고 새로운 것으로 바꾸지 않고 고스란히 남겨둔 것은 어떤 이유에서일까? 루트66이 지나는 길은 마치 세상과 단절된 듯, 그 길만의 감성으로 뻗어나간다. 목적지에서 잠시 이탈했다가 언제라도 되돌아오는 건 우리의 선택이다.

텍사스를 지나 뉴멕시코의 캠핑장에 도착했다. 어도비 양식으로 둥글둥글하게 이국적으로 지어진 오피스 안으로 들어갔다. 작은 루트66 박물관처럼 사진 액자가 꾸며져 있다. 사진 속에는 우리가 지나온 곳도 있고, 앞으로 지나올 곳도 있다. 한 곳 한 곳이 남다르게 눈에 들어왔다.

이번 여행은 매일 대여섯 시간씩 달리느라 해가 진 뒤 캠핑장에 도착하기 일쑤였는데, 오랜만에 여유가 생겼다. 지호와 캠핑장 안을 돌아봤다. 날씨는 아직 쌀쌀한데 벚나무에는 꽃이 활짝 피었다. 패딩 점퍼를 입은 아이를 꽃 앞에 세워놓고 사진을 찍었다. 밤에는 화로에 모닥불을 지피고 별을 바라봤다.

다음 날은 뉴멕시코의 주청사가 있는 산타페에 갔다. 산타페에서도 '히스토릭 루트66' 표지판을 반갑게 만났다. 뉴멕시코에서는 인디언 이야기를 빼놓을 수 없다. 인디언이 살던 뉴멕시코가 16세기 후반부터 스페인의 식민지가 되었다가 되찾은 지역이다. 다음 날 갔던 엘모로 국가기념물은 그러한 역사와 관련이 깊다. 700년 동안 삶의 보금자리를 지키고 살아 온 인디언의 한 맺힌 역사가 아름다운 자연 경관과 함께 남아 있는 곳이다.

엘모로 주변에서 신기한 경험을 했다. 주니족이라는 인디언이 모여 사는 작은 마을을 지날 때다. 곳곳에 사진을 찍으면 영혼을 빼앗아 가기 때문에 찍지 말라는 푯말이 나타났다.

"기분이 이상해."

마을을 지나며 운전대를 잡은 남편이 말했다. 집집마다 옛 방식 그대로 불을 떼는 아궁이도 보인다. 인디언 부족들은 그렇게 작은 마을에서 자신들의 전통을 유지하고 있었다.

애리조나에 접어들자마자 일정이 더욱 바삐 흘러갔다. 영화 〈카〉에 등장했던 위그앰 모텔을 보기 위해 루트66의 명소인 홀브룩으로 갔다. 얼핏 보면 인디언들의 원형 텐트인 위그앰처럼 생긴 숙소가 줄지어 있다. 하얀색 외벽에 조그만 창문이 나 있으며, 천장이 높고 끝이 뾰족하게 모아져 있다.

"와, 여기 맥퀸이 있어. 내가 갖고 있는 미니카가 다 있네."

위그앰 모양의 숙소 앞에는 클래식 카가 한 대씩 놓여 있는데, 그 차들 중 몇몇은 〈카〉 애니메이션에 나온 자동차들처럼 익살스러운 눈코입이 붙어 있다. 지호는 커다란 실물 자동차 앞에서 브이자를 그리며 사진을 찍었다. 소설《분노의 포도》가 루트66을 따라

동부에서 서부로 이동하는 미국 농민과 이주노동자들의 처참한 실상을 보여줬다면, 애니메이션 〈카〉는 루트66에 대한 따뜻한 시선을 풀어낸다.

오직 1등만을 위해 달리던 레이싱 카 맥퀸이 어느 날 길을 잘못 들어 루트66을 지나게 된다. 스피드가 최고의 가치라 믿고 승승장구하던 맥퀸은 느리지만 아름다운 자연 경관과 희로애락을 담고 있는 국도의 다른 매력들을 발견한다.

루트66은 그런 의미였다. 성공을 위해 빠른 길만을 재촉해온 나를 되돌아보는 시간. 그런데 그러기에는 여유가 너무 부족한 일정의 연속이다. 애리조나를 벗어나 라스베이거스에 도착했을 때는 피로가 극에 달았다. 저녁식사를 훌쩍 넘긴 시간에 캠핑장에 도착했다. 초코와 제시카도 배가 고픈지 은근히 보챘다.

"언제까지 이렇게 가야 돼? 하루에 대여섯 시간씩 차타고 다니는 건 너무 힘든 일정이잖아."

일정을 두고 남편과 약간의 다툼이 발생했다. 몇날며칠을 달리는 차에서 생활하는 게 쉬운 일이 아니다. 이렇게 달리지 말고 좀 멈춰 있는 여행을 하면 어땠을까? 루트66을 횡단하는 여행에 약간의 회의가 들었다.

뉴멕시코에서 만났던 봄이 네바다로 넘어오며 여름으로 바뀌었다. 땅바닥이 쩍쩍 갈라진 사막의 땅 데스밸리에서 이틀을 보낸 뒤

캘리포니아로 접어들었다. 길었던 여정도 막바지를 향해간다. 캘리포니아에 들어와서 리바이닝 캠핑장에 묵었다. 대장장이 마을처럼 건물 곳곳에 삽이나 프라이팬, 각종 연장들을 장식품처럼 걸어놓은 모습이 특색 있다. 날씨가 좋아서 초코와 제시카를 데리고 나와 사진을 찍었다. 냥이들은 밖으로 나오니 조금은 긴장하는 모습이었다.

"괜찮아."

토닥토닥 쓰다듬었다. 모처럼 초코와 햇살을 쬐며 굳었던 마음이 누그러졌다. 냥이들과 언제 또 이렇게 아름다운 자연에 머물 수 있을까.

환상적인 모노레이크Mono Lake를 구경한 뒤 산길을 올라갔다. 하늘이 꾸릉꾸릉 해지며 회색빛으로 바뀌었다. 레이크 타호로 가는 길에 눈이 하얗게 쌓였다. 반팔을 다시 긴팔로 갈아입고, 그 위에 두터운 패딩점퍼를 걸쳤다. 레이크 타호에 도착했을 때 춥고 탁한 날씨에 서둘러 내려가고 싶었지만 지호는 눈 구경을 더 하자며 졸랐다. 먼저 와서 눈썰매를 타던 사람들에게 썰매를 빌려서 신나게 탔다. 캠핑카로 돌아와 추운 몸을 녹이기 위해 라면을 끓였다. 눈 덮인 설경을 바라보며 먹은 그때 그 라면 맛은 잊을 수가 없다.

다음 날 아침 드디어 샌프란시스코에 도착해서 캠핑카를 반납할 시간이 왔다.

"그동안 고생했어."

남편의 한마디가 묵직하게 울렸다. 이날이 올 줄이야. 길게만 느껴졌던 보름의 시간이 순식간에 지났다. 힘들기도 했지만 지나고 보니 아쉬운 마음이 생긴다. 이렇게 장거리 여행을 할 날이 또 올까? 미국 땅을 동에서 서로, 영하의 추위부터 한 여름의 더위까지 사계절을 지나왔다. 그동안 캠핑카에서 먹고 자고, 그림을 그리고 노래를 부르며 행복한 시간을 보냈다. 남편은 미국에 와서 자신의 적성을 찾았다며, 운전하는 내내 즐겁게 임했다. 캠핑이란 별 게 아니다. 그곳에 흠뻑 빠져보내는 일. 복잡한 일싱 따위는 잊어버리고, 낯선 곳에서의 여행을 새로운 일상으로 받아들이는 과정이다. 그

285

과정을 우리는 기꺼이 즐겼다.

캠핑카를 반납하고 샌프란시스코에서 노스캐롤라이나로 돌아왔지만, 루트66 여행은 아직 끝나지 않았다. 루트66의 종착지는 캘리포니아 산타모니카 해변에 있기 때문이다. 미국생활을 끝내고 한국에 돌아오기 전, 마지막으로 로스앤젤레스에 들렀다. 그때 산타모니카 해변에 나가 루트66의 종착지를 밟았다. 한여름의 산타모니카에는 내리쬐는 햇살 속에 많은 사람들이 해수욕을 즐기고 있었다.

부서지는 파도 소리를 들으며 파라다이스 같은 해변을 천천히 걸었다. 지호는 모래사장에 글씨를 쓰며 따라왔다. 산타모니카 피어에 올라오니 그곳에 루트66의 끝을 알리는 표지판이 있다. 지난 봄 궂은 비바람과 눈발을 뚫고 이 길을 열심히 달려왔는데…….

시작할 때만 해도 참 무모하게 느껴졌던 여행이다. 우리에게 아무 의미 없던 루트66을 따라가는 길. 목적도 기대도 없이 떠났기에 새로운 발견이 있었던 것 같다. 기대 없이 미국에 왔다가 소소한 행복을 만났던 것처럼 말이다. 반듯하게 닦인 고속도로가 아닌, 털털거리며 낡은 풍광을 바라보는 옛 길의 매력을 조금은 알게 됐다. 그 기나긴 길을 때로는 즐겁게 때로는 인내하며 달려야 했다. 당장 눈앞에 보이는 것만 추구하는 삶에서 조금은 비켜설 수 있는 용기를 얻은 것 같다.

End of the Trail. 우리는 루트66의 종착지에 웃으며 섰다. 처음 길을 나설 때만 해도, 나와 루트66이 무슨 상관이냐며 까칠하게 곤두세웠던 마음이 누그러졌다. 누군가에게는 낡은 주유소의 추억, 누군가에게는 눈부셨던 청춘에 대한 추억, 누군가에게는 과거와 미래를 이어주는 현재 진행형의 시간일 것이다. 우리에게는 루트66이 어떤 의미로 남을까. 그 길 끝에 서서 비로소 우리가 왜 이 여행을 떠나야 했는지 알 것 같다. 고양이들까지 함께한 우리 가족의 가장 아름다운 시간들. 언제까지고 그리울 것이다.

기차 타고 떠나는
선물 같은 하루

"언제 또 여기에 와보겠어. 한번 왔을 때 열심히 다녀야지."

남편은 여행 계획을 세울 때마다 최대한 많은 곳을 돌아보는 일정을 짜곤 한다. 가고 싶은 데가 너무 많아 넘친다. 하지만 덜컹거리는 캠핑카에서 하루에 몇 시간씩 이동하는 일도 생각보다 체력적으로 힘들 때가 많다. 그래서 불평을 하다가도, 막상 여행을 다니다 보면 의기투합해 욕심을 부린다.

"거기는 안 갈 거야? 여기까지 와서 그냥 지나가기 아쉬운데……."

그러다 보니 지호에게 미안할 때가 많다. 여행지를 바삐 돌아다니며 "얼른 자", "얼른 먹어", "위험하니까 하지 마"라는 말을 입에 달고 다니기 때문이다. 지호도 텐트 치고 캠핑카를 타고 다니는 여행을 좋아하지만, 사실 자연을 보며 감탄하는 건 어른이나 하는 일이다. 아이에게는 눈앞에 만질 수 있는 무언가가 훨씬 더 재미있다. 가끔씩 눈 구경을 하거나 물놀이를 할 때, 아니면 특이한 돌멩이나 나뭇가지를 만져볼 때를 빼고는 시큰둥하기 마련이다. 그래서 여행 계획을 짤 때면 지호를 위해 어린이 박물관이나 수족관, 동물원 등을 일정에 집어넣으려고 애쓴다.

그러나 광막한 중서부를 여행할 때는 그마저도 쉽지 않았다. 아이를 위한 코스가 전혀 없다. 가끔 들르는 기념품 가게에서 인형이나 장난감을 구경하는 것으로 대신해야 했다. 옐로스톤에 가기 위한 서부여행을 할 때도 그러했다. 집 떠나온 지 일주일째, 지호뿐 아니라 나도 서서히 여독이 쌓이고 집 생각이 나기 시작했다. 그럴 즈음 콜로라도의 듀랑고Durango에서 보낸 하루는 한여름밤의 꿈처럼 신선하게 다가왔다.

콜로라도주의 남쪽에 위치한 듀랑고는 서부개척 시대를 상징하는 도시다. 옛 서부영화에 나올법한 촌스러움도 친숙하게 다가오는 곳이다. 마을 한 편의 철로에는 기관차가 연기를 내뿜으며 기적 소리를 낸다. 요즘은 보기 힘든 증기기관차다. 듀랑고는 기차의 도시로도 유명하다. 실버톤이라는 광산지역까지 가는 증기기관차는 그곳의 명물이다. 1880년대 만들어진 철도를 지나간다. 아직도 석

탄을 때서 나아간다니 움직이는 유물이나 다름없다.

듀랑고의 캠핑장에서 하룻밤을 보내고 아침 일찍 기차역에 나섰다.

"오늘은 실버톤으로 가는 기차를 한번 타볼까 싶어. 지호도 좋아할 거야."

기차역에 도착해 남편이 차표를 알아보러 가는 사이 지호와 나는 플랫폼에 나가서 기차를 구경했다. 기차가 사람들을 싣고 떠나는 모습을 보니 괜스레 마음이 들떴다.

"엄마, 우리도 이 기차 탈 거야?"

기차를 좋아하는 지호는 꼭 한번 타보고 싶은 눈치다. 그때 남편이 멀리서 기차표를 흔들며 뛰어왔다.

"다음에 출발하는 기차를 바로 타자. 공룡마을에 가는 기차야."

"공룡 기차??"

당초 우리가 타려고 했던 실버톤행 기차는 이미 떠났다. 대신에 특별한 기차가 곧 출발하는데 바로 공룡마을로 가는 기차다. 마침 우리가 방문한 6월에만 한시적으로 열리는 이벤트다. 산 위에 꾸며놓은 작은 테마파크에서 공룡을 주제로 다양한 놀이를 할 수 있다. 지호의 눈동자가 동그래졌다가 이내 반달이 되었다.

"와, 신난다!"

평소에 공룡을 무척이나 좋아하던 아이다. 신기하게도 지호뿐

만 아니라 아이들은 대부분 공룡을 좋아한다. 인류에게 공룡을 친숙하게 느끼는 유전자라도 있던가. 그런 아이들이 엄마 아빠 손을 붙잡고 하나둘 모여들기 시작했다. 기차가 슬슬 도착할 시간이다.

"아빠, 기차타고 공룡마을에 가는 거야?"

"응. 오늘은 거기 가서 신나게 놀자."

기다란 기차가 플랫폼에 멈춰 섰다. 나무로 만들어진 노란색 기차가 왠지 정겹다. 창문은 유리가 없이 뻥 뚫려 있고 가장자리는 나뭇잎으로 장식되어 있다. 사람들이 줄을 서서 차례로 올라탔다. 기차 안은 낡았지만 익숙한 듯 편했다. 기차에 오르는 순간부터 이미 공룡 기차는 설정에 들어갔다. 차장 아저씨와 직원들이 아이들을 공룡의 세계로 안내했다. 기차에 올라타 긴 좌석을 하나 차지해 앉았다. 경적을 울리며 기차가 서서히 움직였다.

공룡 마을에 도착하면 세 시간 후에야 다시 내려오는 기차를 탈 수 있다고 한다. 괜히 땡볕에 고생하는 건 아닌지, 기차 삯만 아깝게 날리는 건 아닌지, 기대와 함께 불안감도 연기처럼 스멀스멀 피어올랐다. 하지만 그런 걱정도 잠시, 창밖에서 불어오는 바람이 걱정스러운 마음을 시원하게 날려 버렸다.

기차는 산후안 국유림을 배경으로 애니마스강을 따라 달린다. 눈앞에 듀랑고의 일상이 그림처럼 펼쳐졌다. 자동차 뒷자리에 앉아서 보던 창밖과는 또 다르다. 울창한 나무 아래 집들이 보인다.

자연을 즐기러 밖으로 나온 사람들이 제법 많다. '컬러풀 콜로라도'
라는 슬로건답게 콜로라도의 활기차고 다채로운 풍경이 영화처럼
지나갔다.

뿌뿌~ 기차가 지나가며 기적을 울렸다. 지나가는 사람들이 저
마다 웃으며 손을 흔들어준다. 강에서 수영을 하는 사람, 숲 속 계
곡에서 래프팅을 하는 이들도 손을 흔든다. 산에는 한가로이 자리
잡은 캠핑족들이 인사를 건넨다. 그때마다 지호도 창밖을 향해 반
갑게 손을 흔들었다. 공룡마을의 보안관은 아이들에게 도장을 다
받아 오면 배지를 주겠다고 미션지를 나눠줬다.

"엄마, 언제 도착해? 응? 언제 도착해?"

지호의 마음은 이미 공룡마을에 가 있는 듯했다.

기차를 타고 사십 여분쯤 달려왔을까? 마침내 목적지에 도착했다. 마지막에 산길을 한참 올라오니 평평한 지대가 나타났다. 그곳에는 구역별로 공룡을 테마로 아이들이 놀 만한 거리가 가득 있다. 한쪽에는 천막을 쳐놓고 납작한 돌에 공룡 그림을 그려 공룡 화석을 만들어보도록 했다. 또 다른 코너에서는 모래사장에서 공룡 뼈를 발굴할 수 있다. 미니 골프 게임도 있고, 바람이 가득 차 있는 에어바운스 미끄럼틀도 있었다.

공룡인형 옷을 입은 사람들이 다가오면 아이들이 몰려가 구경하기 바빴다. 나와 남편은 지호를 열심히 쫓아다니며 미션지에 도장을 받아줬다. 다양한 놀이 속에 야생동물을 구경하는 코너는 이색적이었다. 지호가 거북이를 보고 달려갔다. 딱딱한 거북이등껍질을 신기하게 만지작거리던 아이에게 공룡마을 직원이 다가왔다. 귀에 까만색 피어싱을 하고 있는 청년은 흑마술이라도 부릴 듯이 목에 뱀을 두르고 있다. 지호는 입가에 웃음을 머금은 채 뱀의 미끈한 비늘을 겁도 없이 쓰다듬었다.

나무 아래 그늘에서는 페이스페인팅을 해주고 있었다. 히스패닉 부부다. 남편은 페이스페인팅을 해주고, 아내는 갓난아이를 돌보고 있다. 흰 피부의 금발머리 여자아이는 핑크색 티라노사우르

스로 막 페인팅을 마쳤다. 지호는 트리케라톱스를 그리고 싶다고
했다. 초록 물감으로 바탕을 칠하고, 검은색과 흰색으로 뿔과 음영
을 만들었다. 마지막에 반짝이까지 뿌리니 귀여운 아기 공룡으로
변신! 지호는 신이 나서 손톱을 모으며 공룡 흉내를 냈다.

　지호가 모래사장에서 공룡 뼈를 열심히 발굴하는 동안 남편은
차가운 맥주를 두 병 갖고 왔다. 깜찍한 듀랑고 기차가 그려져 있는
페일 에일이다. 듀랑고에 수제 맥주가 많은데 그중 한 가지를 맛보
게 됐다. 쨍한 햇볕에 아이를 따라다니며 서서히 지칠 무렵, 시원한
맥주 한 모금에 땀을 식혔다. 이제 슬슬 되돌아갈 시간이다. 아이들

아이들은 돌아갈 기차를 기다리며 공룡들과 신나는 댄스파티를 즐겼다.

은 돌아갈 기차를 기다리며 공룡들과 신나는 댄스파티를 벌였다. 지호도 무리에 뒤섞여 폴짝거렸다. 이윽고 기차가 왔다. 공룡마을에 남은 직원들은 기차가 떠날 때까지 손을 흔들어 배웅했다.

기차에서 지호는 원하던 보안관 배지를 받고 기세 등등해졌다. 오랜 여정 끝에 아이에게도 기억에 남는 하루가 생긴 것이다. 노을이 예쁘게 물들어가는 하늘을 보며 생각했다. 오늘 하루가 뜻밖에 주어진 선물 같다고……. 예정에 없던 공룡 기차를 타서 지호도 우리도 달콤한 축제를 즐겼다.

놀이기구로 가득찬 대형 테마파크가 아니어도 좋다. 덜컹거리는 낡은 기차와 정겨운 웃음만으로도 참 행복했던 순간들. 그날의 사진을 넘겨보면 언제라도 얼굴에 웃음이 씨익 그려진다. 지금의 일상에서 보너스 같은 하루가 주어진다면 무엇을 할까? 아마 다시 캠핑 짐을 싸서 어디론가 떠나지 않을까. 그곳에서 또 어떤 재미난 추억을 만들지 기분좋은 상상을 해본다.

산타페

이국적인
너무나도 이국적인

멕시코와 국경이 맞닿아 있는 뉴멕시코는 미국에서도 무척 이국적인 곳이다. 뉴멕시코와 붙어 있는 텍사스에만 가도 멕시코의 문화를 다분히 느낄 수 있다. 텍사스에는 스페인어를 쓰는 히스패닉이 절반을 차지한다. 텍사스 오스틴에 갔을 때 그곳에서 한 시간 떨어진 샌안토니오San Antonio에 가본 적이 있다.

샌안토니오는 소박한 시골 도시다. 유명한 관광지인 미션 산호세와 알라모에 가면 낡은 건물에서 준엄한 역사와 스페인의 문화가 고스란히 묻어난다. 리버워크에서는 초록빛 강줄기를 따라 유람선이 유유히 떠다닌다. 이국적인 감성이 가득한 강변에서 가보지도 못한 유럽의 여러 나라들을 떠올렸다.

그 뒤로 미국의 광활한 대자연이 조금 지루하게 느껴질 때면 이국적인 뉴멕시코를 떠올리곤 했다. 그중에서도 대표적인 관광지인 산타페는 꼭 한번 가보고 싶던 도시였다. 산타페는 오랜 역사를 지닌 예술적인 거리로 유명하다. 고지대라 겨울에 눈이 많이 와서 스키를 즐기기에도 좋은 곳이다.

루트66을 지나며 산타페에 방문할 기회를 만들었다. 기대했던 것처럼 산타페에 들어서며 눈앞의 모든 풍경이 이국적으로 바뀌었다. 나지막한 건물들은 누런 황토색 외벽이 모난 데 없이 둥글둥글하게 마감되어 있다. 아담한 크기의 창문이 나 있고, 간혹 지붕에 통나무가 갈빗대처럼 드러난 건물도 있다. 진한 하늘색에 초록이 살짝 섞인 터키석 색상의 문이 포인트로 들어간다.

산타페의 이러한 건축은 인디언의 어도비 양식과 스페인 스타일이 혼합된 푸에블로 리바이벌Pueblo Revival이란 건축 방식이다. 파란 하늘과 대비되는 수더분한 황토색 건물들은 산타페의 거리를 독특하게 만든다. 거기에 하나 더, 봄을 알리는 분홍빛 꽃나무들이 곳곳에 서 있다. 한국을 떠난 뒤로 꽃놀이를 따로 즐길 일이 없었는데, 모처럼 봄꽃을 보니 반가웠다.

산타페에 있는 뉴멕시코 주청사 앞에노 하얀 목련이 풍성하게 피었다. 산타페는 1610년 스페인의 식민지 시절부터 주도로 자리

하며 미국에서 가장 역사가 깊은 주도로 꼽힌다. 뉴멕시코의 주청
사는 생각 외로 무척 현대적이고 깔끔했다. 들어가자마자 바닥에
뉴멕시코를 상징하는 문양이 보인다. 시원한 대리석 바닥에 지호
가 대자로 누웠다.

"와, 여기 너무 좋다."

지호는 바닥에 누워서 볕이 들어오는 둥그런 천장을 바라봤다.
지나가던 사람들이 그런 지호를 보며 얼굴에 웃음을 지었다.

주청사 안은 마치 갤러리 같았다. 복도를 따라서 걸어가면 벽에
걸린 작품들을 감상할 수 있다. 작품들은 저마다 독특하고 예뻤다.

현대적인 그림도 있지만, 대체로는 인디언 문화나 종교적인 색채가 짙은 작품이 많았다. 진한 원색과 전통적인 문양이 강렬하다. 주청사를 한 바퀴 돌고나니 뉴멕시코의 예술을 압축해서 관람한 느낌이다.

본래 산타페의 지명은 스페인어로 '거룩한 믿음'이라는 뜻이다. 주청사 밖으로 나와 그 의미에 걸맞은 세 군데의 유적지를 찾아갔다. 제일 먼저 방문한 산 미구엘 성당은 미국에서 지어진 가장 오래된 성당이다. 건물이 그리 크지 않지만 내부는 천장이 꽤 높았다. 제단을 꽉 채운 벽화와 조각들, 오래된 촛대와 빛바랜 나무틀이 오

성 프란시스 대성당

랜 세월을 말해주는 듯하다. 창문에서 햇살이 들어와 맨질맨질한 나무 바닥에 따사로이 내려앉았다. 옛 나무문을 열고 성당의 기념품 가게에 들어갔다. 은으로 만든 작고 납작한 장신구가 사각기둥에 빼곡히 붙어 있다. 십자가부터 별, 천사, 기도하는 사람, 동물 등 다양한 모양이 작고 오밀조밀했다.

로레토 성당은 산 미구엘 성당에 비해 규모가 더 컸다. 정원에 있는 벚꽃나무에는 사람들의 기도와 염원이 담긴 묵주들이 주렁주렁 걸려 있다. 지호도 그 앞에서 눈을 감고 손을 모았다. 3달러의 입장료를 내고 실내로 들어갔다. 이곳은 일층과 이층을 빙글빙글 나선형으로 이어주는 '기적의 계단'으로 유명하다. 입구에 기적의 계단 모형이 있고 옆에는 그곳에서 촬영한 웨딩 사진이 걸려 있다. 아마도 성당 안에서 웨딩 촬영을 허가하는 것 같다.

기적의 계단이라 불린 유래는 이러하다. 아주 오래전 수녀님이 예배를 보기 위해 사다리로 이층을 오르내리기가 힘이 들어 계단을 만들어달라고 기도를 했다. 그러자 목수가 나타나 계단을 만들어주고 홀연히 사라졌다. 받침이나 이음새가 없이 기술적으로 불가능한 계단이 탄생했다. 아래에서 보면 나무로 만들어진 계단의 바닥면이 끊이지 않고 매끈하게 이어져 있어 무척 신기하다.

마지막으로 찾아간 성 프란시스 대성당은 가장 크고 웅장했다. 직선으로 뻗은 도로에 들어서자 멀리 성당의 모습이 장엄하게 보인다. 이 성당은 프랑스의 로마네스크 양식으로 지어져 뾰족하고 반듯한 게 특색이다.

성당 앞에는 동상이 하나 세워져 있는데 너무나도 독특해서 눈길이 갔다. 머리가 길고 피부가 까무잡잡한 여성이다. 긴 치마 위에 흰 옷을 걸치고 깃털 모양이 겹쳐진 부채를 들고 있다. 신발은 꼭 우리의 고무신이나 버선같이 생겼다. 터키석 색깔의 귀고리와 장신구를 착용하고 손에는 십자가를 꼭 쥐고 있다.

그녀의 이름은 카테리 테카크위타Kateri Tekakwitha. 미국 최초의 여성 인디언 성직자다. 인디언이자 성인으로서 그녀의 삶은 숱한 고행의 연속이었을 것이다. 하지만 동상으로 만들어진 그녀의 얼굴은 평온했다. 살짝 머금은 미소가 산타페의 훈훈한 공기에 어우러졌다.

예술의 도시답게 산타페의 거리는 아름다웠다. 길을 걷다가 특이하고 예쁜 건물을 만나면 멈춰서서 사진을 찍었다. 예술가들의 작품을 직접 판매하는 가게도 많다. 쇼윈도 너머로 산타페만의 예술혼을 담은 조각상이나 그림, 공예품을 엿볼 수 있다. 그런 예술품은 대체로 스페인과 인디언의 문화를 혼합시켜놓은 느낌이다. 강렬하고 화려한 색채와 문양이 때로는 동양적이고 한국적인 느낌도 떠올리게끔 했다.

가게들이 모여 있는 로터리는 관광객들로 붐볐다. 주로 값비싼

기념품과 옷을 판매하고 있다. 한쪽 길가에는 인디언들의 수공예품 좌판 행렬이 죽 늘어서 있다. 은과 터키석으로 만든 반지, 목걸이 같은 상품들이 대다수다. 물건을 판매하는 상인들은 호객이나 가격 흥정도 하지 않은 채 고개를 숙이고 수공예품을 계속 만들고 있었다. 인디언 특산품이라고 적어놓은 종이를 앞에 두고 앉은 그들의 모습이 조금 초라해 보였다.

지호는 거리 곳곳에 걸려 있는 빨간 고추가 신기한지 가까이 다가가서 냄새를 맡았다.

"우엑, 매운 냄새가 나잖아."

"그럼 진짜 고추를 말린 거니까."

말린 고추가 길게 주렁주렁 매달려 있는 리스트라Ristra는 뉴멕시코의 상징이다. 고추를 오래 보관하기 위해 걸어놓고 말린 데서 유래한 풍습이다. 가정집뿐 아니라 가게나 거리에도 종종 장식으로 내건다.

산타페의 거리를 한 바퀴 돌아본 뒤 전망대에 올라가기로 했다. 올라가는 길이 마치 성벽이나 돌담길 같다. 지호는 보채지 않고 씩씩하게 오르막길을 걸었다. 올라갈수록 하늘이 파랗게 개었다. 정상에 다다르니 마을이 내려다보인다. 꼭대기에는 대형 십자가가 있다. 파란 하늘과 갈색 돌담길 사이에 놓인 하얀 십자가. 스페인의 어느 고즈넉한 마을에 올라와 있는 듯하다.

　산타페에서 길고도 짧은 시간을 보내고 다시 캠핑카로 돌아왔다. 뉴멕시코는 역시나 가는 도시마다 실망시키는 법이 없다. 산타페에서의 하루는 기대했던 것만큼 볼거리가 풍성했다. 산타페 거리는 미국에 와 있다는 걸 문득문득 잊어버리게 할 만큼 이국적이었다. 그 안에는 건축과 예술이 있고, 인디언과 가톨릭의 역사가 있다. 지호와 오래된 성당에서 무릎을 꿇고 두 손을 모았던 장면이 머릿속에 남는다. 아름다움뿐이었다면 그렇게 끌리지 않았을 것이다. 산타페를 떠나며 우리 여행에도 경건한 쉼표를 하나 찍었다.

세상의 끝,
하얀 사막에서 발레를

"화이트샌드White Sands? 하얀 사막이라고 뭐 다를까."

남편이 한번 가보고 싶다는 하얀 사막의 이야기를 듣고 처음에는 무척 시큰둥해 했다. 언제나 여기저기 뒤져보며 여행의 '뽐뿌'를 불러일으키는 건 그의 몫. 이번에는 또 얼마나 먼곳에 가자는 건지, 부담스럽고 귀찮은 마음부터 앞섰다. 사막이면 다 같은 사막 아닌가. 바닷가에도 한번 들어갔다 나오면 사흘은 옷에서 모래가 부스럭거리는데, 좁은 캠핑카를 타고 다니며 사막에 가자니……. 지호가 모래 속으로 뛰어들면 일주일은 모래알이 입안에 서걱서걱 씹힐 게 뻔했다.

그럼에도 어느샌가 열심히 짐을 싸고 있고, 머지않아 그곳에 도착해서 열심히 셔터를 눌러대는 나 자신을 발견하곤 한다. 이번에도 크게 벗어나지 않을 것 같다. 사실 나는 다른 어떤 곳보다 사막을 무척 좋아하는 이가 아니던가. 사막만큼 이국적이고 매력적인 풍광이 없다. 오래전 한국에서 사막을 닮은 곳이 있다고 해서 신두리 해변에 모래 사구를 보러 간 적이 있다. 회사에서 카타르에 출장 갔을 때는 지프차를 타고 사막의 능선을 내달리며 신나게 환호성을 질렀다.

미국에 와서도 사막을 찾아 여러 곳을 다녔다. 가까운 아우터뱅크스 바닷가에 있는 황금 사구는 전형적인 모래사막이었다. 파란 하늘 아래 눈부시게 빛나는 금빛 언덕. 바람이 지나간 자취가 부드러운 곡선으로 일렁이고, 걸을 때마다 발자국이 뒤따라오는……. 어떤 복잡한 세상도 하늘과 땅으로 이분할 해버리고 마는 강렬함에 흠뻑 반하고 왔다. 유타의 붉은 사막, 데스밸리의 지저분한 사막도 인상적이었지만, 그중에서도 가장 독특하고 잊을 수 없는 사막은 신비로운 화이트샌드의 하얀 사막이었다. 세상의 끝이 있다면 그런 풍경이 아닐까. 화이트샌드를 직접 발로 밟아보기 전까지는 어떤 곳일지 도저히 상상이 가지 않았다.

"지호야, 우리 사막에 갈 거야. 가서 모래놀이도 하고, 썰매도 타보자. 재미있겠지?"

"와아, 신난다!"

놀 수만 있다면 아이에게 모래 색깔 따위가 뭐가 중요하랴. 사막은 바다 다음으로 지호가 재미있어 하는 여행지다. 10월에 떠난 캠핑카 여행은 라스베이거스에서 시작해 그랜드 캐니언을 돌아보고 뉴멕시코까지 내려오며 중반을 넘어섰다. 긴 여정 가운데 사막에 간다니 지호는 금세 기대에 부풀었다. 화이트샌드는 뉴멕시코주에서도 한참 내려간 국경지대에 있는 국가기념물이다. 공군 미사일 발사 실험기지가 위치한 곳이라서 화이트샌드로 가는 길에 출입 통제여부를 알리는 표지판이 곳곳에서 보였다.

화이트샌드에 가까이 다가가자 흰 모래 언덕이 나타났다. 일차선의 검은 아스팔트 도로 가장자리까지 하얀 모래가 파고들었다. 미끄러운 눈 사이로 빠져나가는 듯 아슬아슬하다. 멍 때리는 게 취미인 초코처럼 창밖을 빤히 바라보다가 점차 창문 쪽으로 다가갔다. 도로를 에워싼 새하얀 모래 언덕이 거대해지며 순식간에 눈앞의 풍경이 바뀌었다. '지금이 몇 월이었더라……' 화이트 크리스마스가 현실로 나타난다면 이런 모습이 아닐까? 마치 한여름에 눈이 가득 쌓인 듯한 착각을 일으킨다.

한여름의 겨울왕국처럼 보이는 하얀 나라로 진입했다. 하얗게 내려앉은 모래가 대지를 고요하게 잠재운 듯하다. 시간이 정지된 것처럼 신비로운 장면이다. 피크닉을 할 수 있는 넓은 공터에 도착했다. 지붕이 있는 조그마한 테이블이 여러 개 마련돼 있다.

"우아, 여기가 사막이야? 빨리 나가고 싶다."

밖으로 나갈 채비를 했다. 그래도 사막인데 덥지는 않을까? 라스베이거스에서 강렬한 햇살을 받으며 남쪽으로 한참을 달려 도달한 곳이 아닌가. 해가 꺾이는 오후였지만 혹시나 싶어 선크림과 선글라스를 챙겼다.

"맨발로 내려와도 될 것 같아."

캠핑카 문이 열렸다. 눈앞의 하얀 모래를 보니 눈송이와는 다른 입자가 낯설게 느껴진다. 더 뽀얗고 조밀하다. 달에 첫발을 내디딘 닐 암스트롱처럼, 미지의 세계에 먼저 다다른 남편이 캠핑카 밖에서 손을 내밀었다. 그의 말에 따라 계단을 하나씩 내려가는데 코끝에 닿는 공기가 생각보다 산뜻하다. 발가락에 단단한 모래 언덕이 느껴지더니 이내 스르륵 빨려들어간다. 지호도 슬리퍼를 벗고 맨발을 내밀었다.

"엄마, 모래가 뜨겁지 않고 시원해."

"어떻게 촉감이 이렇지?"

화이트샌드의 모래를 손바닥에 쥐어봤다. 손가락 사이로 차분하게 빠져나간다. 수분을 머금은 소금처럼 느껴지기도 한다. 이곳은 본래 바다였던 자리다. 고원이 되었다가 호수가 되었다가를 반복하며 물속에 고여 있던 석회실이 모래가 됐다. 그래서 일반 모래

에 비해 더 부드럽고 촉촉하다. 무엇보다 흩날림이 적다. 옷에 들러붙어도 툭툭 털면 그만이다. 처음 우려했던 것처럼 입에 들어가서 서걱거릴 걱정이 싹 사라졌다.

"이렇게 '쾌적'한 모래는 처음이야!"

마침 해가 살짝 기울어 기온도 적당해졌다. 여름의 끝 같은 서늘한 바람이 불어온다. 언덕 위로 올라가니 눈앞에 펼쳐진 광활한 사막이 아름답게 빛난다. 아이는 이미 내 손을 뿌리친 지 오래다. 하얀 눈밭 같은 모래 위를 뛰어다니며 발자국을 새기고 있다. 이날을 위해 지호는 모처럼 예쁜 원피스를 챙겨 입었다. 하늘을 향해 동그랗게 팔을 모았다. 빙그르르 돌다가 다리를 뒤로 뻗으며 각양각색의 포즈를 취하기 시작했다.

"지호야 잠깐만 그러고 있어."

하얀 모래 위에서 춤추는 아이의 모습이 마치 핑크색 꽃 한 송이 같다. 그 장면들을 놓칠세라 뷰파인더에 담아 찰칵찰칵 셔터를 바삐 눌렀다.

지호는 이내 모래 바닥에 누워서 팔다리를 대자로 뻗어 날갯짓을 했다. 누구보다 자유로운 몸짓으로 화이트샌드를 품에 안았다. 나도 따라서 모래 위에 누워봤다. 새로운 앵글이 나타났다. 누워서 본 화이트샌드에는 하늘과 모래의 경계가 없다. 잠시 누워서 또 다른 세상을 바라봤다. 밤이 되면 저 하늘에 고운 모래처럼 무수히 많은 별이 쏟아지겠지.

화이트샌드에 찾아온 석양은 비단결같이 부드러웠다. 하늘이 붉게 물들며 하얀 모래가 아이의 원피스처럼 분홍빛이 되었다. 해가 넘어가자 금세 제시카의 털빛처럼 회색으로 변해간다. 해가 지면 칠흑 같은 어둠에 갇힐지도 모른다. 서둘러 돌아갈 채비를 했다.

"이렇게 떠나려니 너무 아쉽다."

"내일 또 올까?"

우리는 과감히 일정을 변경했다. 다른 곳을 구경하기로 한 반나절의 일정을 포기하고 한 번 더 이곳에 오기로 했다. 한낮의 쨍쨍한 하늘 아래 화이트샌드는 또 어떤 느낌일지 궁금해졌다.

가까운 캠핑장에서 하룻밤을 보내고 다음 날 아침, 설레는 마음을 안고 하얀 사막으로 돌아왔다. 전날과 달리 쨍한 햇살이 제법 뜨겁다. 하늘은 새파랗고 모래는 눈부시게 하얗다. 포토샵으로 조절한 듯 채도와 대비가 한층 올라갔다. 모래 속은 여전히 시원하고 촉촉하다.

"자, 신나게 놀아볼까?"

모래놀이를 좋아하는 아이를 위해 캠핑카에서 플라스틱 컵과 숟가락을 챙겨서 갖고 나왔다. 촉촉한 모래가 가득한 화이트샌드는 아이에게 천연 놀이터나 다름없다. 하얀 모래는 조그만 손 안에서 주물럭주물럭 뭉쳐지고 부서지며 지루할 새 없이 다양한 형태

로 바뀌어갔다.

모래놀이를 하다가 비지터 센터에서 썰매를 빌려왔다. 7달러를 내면 동그란 접시 모양의 플라스틱 썰매를 빌릴 수 있다. 이미 경사면에 자리를 잡고 썰매를 타는 몇몇 가족이 보였다. 아이 없이 온 중년의 관광객들도 동심으로 돌아가 천진난만하게 썰매를 즐기는 중이다.

썰매를 끌고서 경사가 가파르고 길이 잘 닦인 지점을 찾았다. 남편이 아이를 데리고 썰매에 앉았다. 꺅~ 하는 소리와 함께 바닥으로 내려오며 터져 나오는 웃음. 지호는 혼자서 타보겠다며 경사를 걸어 올라갔다. 그렇게 열댓 번을 넘게 오르락내리락거렸다.

"엄마도 한번 타보자."

썰매를 들고 언덕을 올라갔다. 조금 올라온 것 같은데 경사면이 아찔하다. 에라 모르겠다. 미끄러져 내려오니 순식간이다. 불어오는 바람과 쨍한 햇살, 짜릿함이 더해져 역시나 기분 좋은 웃음이 새어 나왔다.

한참을 놀다보니 서서히 갈증이 났다. 잊고 있었지만 그곳은 사막이 아닌가. 캠핑카 냉장고에서 차가운 맥주를 한 병 꺼냈다. 아이에게는 아이스바를 하나 꺼내 줬다. 마트에서 파는 평범한 맥주가 오아시스처럼 청량해지는 마법. 하얀 땅과 파란 하늘을 보며 삼키는 탄산이 어느 때보다 시원하게 목을 타고 넘어간다. 다음 여정을

위해 떠날 시간이 다가오는 게 아쉽기만 하다.

"이제 슬슬 정리해야겠어."

운전대를 정비하는 남편도 이곳을 떠나는 게 못내 아쉬운 눈치다. 한동안 캠핑카에 기대 서서 너른 화이트샌드를 두 눈에 담고 있다. 실컷 놀고 일어서는 아이 옷을 툭툭 털어내니 모래알이 스르륵 흩어져 내린다. 너무나도 빠르게 사라지는 이곳의 시간처럼. 그 시간을 좀 더 붙잡아두고 싶어서 작은 유리병에 하얀 모래를 한 줌 담았다. 캠핑카가 출발한다. 창밖으로 멀어지는 화이트샌드를 오랫동안 바라봤다. 다른 계절, 다른 세상에 와있는 듯한 신비로운 착각을 좀 더 누리고 싶었다.

노스캐롤라이나에 돌아와서 식탁 앞 가장 잘 보이는 곳에 유리병을 올려놨다. 한 번씩 지호는 유리병을 열고 조심스레 모래를 만지작거렸다. 언제라도 투명한 유리에 담긴 모래를 만지면 그때의 촉감이 되살아나는 듯했다. 어느덧 집 주위가 화이트샌드처럼 하얀색으로 가득 덮인 계절로 바뀌었다. 식탁에는 따스한 찻잔의 온기가 은은하게 퍼지고 있다. 유리병에 붉은 햇살이 낮게 스며들었다. 희고 고운 모래알이 빛난다. 세상의 끝에서 만난 가장 황홀하고 아름다웠던 우리의 추억도 함께 반짝거린다.

아메리카 대륙에서 만나는
프랑스

    남편이 미국으로 연수를 간다고 했을 때, 왜 하필 미국인가 생각했다. 정확히 말하면 유럽은 왜 아닐까 싶었다. 유럽은 누구에게나 동경의 대상이다. 오랜 역사를 지녔고 아름다운 자연과 예술적인 건축물이 있다. 그런 유럽은 늘 여행 위시리스트의 상위권을 차지해왔다. 하지만 미국에서 여행을 다니며 그러한 생각이 서서히 바뀌었다. 물가가 비싸고 수많은 관광객에 치이는 유럽보다는 넓고 자유롭게 다닐 수 있는 미국이 우리에게는 더 편했다. 캐나다에서도 미국 못지않게 넓고 쾌적한 자연을 누릴 수 있다. 특히 캐나다는 유럽을 느끼고 싶을 때 대신할 수 있는 곳이기도 하다. 퀘벡Quebec

을 다녀온 뒤로는 캐나다가 프랑스를 대체할 만한 여행지라는 걸 알게 됐다.

사람들은 캐나다의 아기자기한 단풍을 보기 위해 주로 가을철에 퀘벡으로 여행을 떠난다. 우리는 성수기를 피해 7월 말 한여름에 퀘벡 여행을 계획했다. 노스캐롤라이나에서 출발해 북쪽으로 계속해서 올라가는 여정으로 나이아가라 폭포를 지난다. 그곳에서 자동차로 국경을 통과할 계획이다.

깜깜한 저녁때 미국 뉴욕주에 도착해 나이아가라를 찾았다. 거대한 폭포를 보며 감탄사가 절로 나왔다. 어딜 가나 폭포는 관광지로서 실패할 확률이 적다. 높은 곳에서부터 콸콸 떨어지는 물줄기는 늘 심장박동을 뛰게 하는 매력이 있다.

다음 날 아침 캐나다로 출발했다. 게이트에서 길을 가로막고 있는 출입국 사무소 앞에 차를 세웠다. 여권과 함께 미국에 머무는 비자를 보여주니 심사가 간단히 끝났다. 자동차로 국경을 넘는 일이 비행기로 오갈 때에 비해 수십 배는 간편하다. 육로로 연결되어 있다는 게 이렇게 자유로운 일이라니. 남북이 갈라진 상태로 삼면이 바다인 우리나라에서는 경험하지 못했던 자유다.

캐나다로 들어와 나이아가라 폭포 앞에 있는 호텔에 묵었다. 버스를 타고 둘러본 다운타운은 옛 관광지처럼 낡고 촌스러운 느낌이었다. 밤새 알록달록한 조명으로 폭포를 밝히는 것부터 어색했다. 하지만 나이아가라 폭포는 여전히 전 세계에서 많은 관광객들이 몰리는 곳이다. 언어와 인종이 다른 다양한 가족 단위의 관광객들을 만날 수 있었다.

폭포를 가까이 보는 보트를 타려고 줄을 한참 기다릴 때 앞에 노부부가 서 있었다. 다리가 불편해서 보행기를 밀고 걷는 할머니는 빨간 드레스를 입고, 하얀색 스카프를 메고 있었다. 한껏 멋을 내고 나들이를 나온 차림이다. 비록 나이가 들어 육체는 자유롭지 못할지언정 여행을 즐기는 마음만큼은 청춘이다. 그 모습을 마음에 새겼다. 나는 나이 들어 등이 굽고 걸을 기력이 없어지면 어떻게 할까. 그때 어디에서 무엇을 즐기며 살고 있을까.

나이아가라 폭포를 지나 천섬에 가면서 캐나다의 아기자기한 경치가 나타났다. 천섬은 싸우전아일랜드라는 샐러드 드레싱 소스로 유명한 곳이다. 세인트로렌스Saint Lawrence강 위에 천 개의 섬이 있다고 해서 그런 이름이 붙었다. 실제로는 1,000개보다 많은 1,846개의 섬이 있다. 캐나다 킹스턴에서 배를 타고 한 바퀴 돌아봤다. 섬마다 크고 화려한 저택이 보인다. 어떤 섬은 으리으리한 성으로 꽉 차 있다. 엘사나 라푼젤이 당장이라도 나올 것만 같다.

"엄마, 저기에는 누가 살아?"

지호는 작은 섬에 달랑 한 채씩 세워진 집들이 신기한가 보다. 아무리 멋지고 좋은 집일지라도 섬에 홀로 있기에는 허전할 것 같

다. 물론 그런 외로움을 즐기려는 사람들이 값비싼 일탈을 하기 위한 곳이겠지만.

캐나다에서도 우리는 캠핑을 하기로 했다. 캐나다의 캠핑장은 미국과 조금 달랐다. 우리가 즐겨 찾는 KOA 브랜드의 캠핑장은 미국과 캐나다 전역에 있다. KOA 캠핑장의 캐빈은 미국 어느 곳에 가든 기본적인 구조가 비슷하다. 싱글 침대 두 개가 일이층으로 붙어 있고 더블침대 하나, 여기에 작은 미니 냉장고 한 대가 전부다. 캐나다 캠핑장의 캐빈은 비슷한 구조인데도 왠지 더 아늑한 느낌이 들었다. 작은 테이블이 실내에 놓여 있고 그 위에 깔끔한 테이블보가 덮여 있다. 통나무 벽은 유럽풍 건축물이 그려진 동그란 도자기 액자로 장식했다. 미국 캠핑장에 비해 여행객들을 더 세심하게 배려하는 면이 곳곳에서 눈에 띄었다.

퀘벡에 다가가며 분위기도 한층 더 유럽에 가까워졌다. 도로 위 표지판이 영어와 프랑스어로 함께 쓰여 있어 가뜩이나 복잡한 도로가 더욱 혼란스럽게 느껴졌다. 공용 화장실에 가면 프랑스어로 이야기하는 목소리에 귀가 윙윙 울렸다. 우리가 갈 올드퀘벡으로 가는 페리를 타러 레비스의 선착장에 나와 차를 주차했다. 올드퀘벡은 좁고 번잡해서 차를 놔두고 페리를 타고 오가는 길을 택했다. 캠핑장에서 선착장까지 삼십 분, 거기서 페리를 타면 십여 분 안에 올드퀘벡으로 갈 수 있다.

비행기나 기차가 아닌 배를 타는 건 또 다른 설렘이 있다. 멀리서 커다란 배가 캐나다 국기를 휘날리며 다가온다. 페리에 올랐다. 사람들을 태운 페리가 서서히 움직인다. 지호는 유모차에서 내려 갑판에 올라 밖을 바라봤다. 시원한 바람이 머리카락 사이로 불어온다. 햇살이 강물 위로 내려와 물보라를 일으키며 부서진다. 십여 분 만에 멀리 올드퀘벡의 전경이 나타났다. 동글동글한 초록 산 위에 오목조목하게 예쁜 건물들이 보인다. 그동안 미국에서 보던 풍경과는 사뭇 다르다.

배에서 내려 본격적으로 퀘벡 관광을 시작했다. 올드퀘벡은 웅장한 샤토프롱트낙 호텔을 중심으로 골목골목이 관광지로 형성돼

있다. 거리에는 유럽인, 동양인이 뒤섞인 관광객들로 가득찼다. 햇볕은 쨍하고 따뜻했다. 골목을 걷다가 커다란 프레스코 벽화가 눈에 들어왔다. 긴 웨이브 머리의 아가씨가 화려한 프릴이 달린 다홍빛 스커트에 하얀색 블라우스를 입고 지나갔다. 힐끔 마주친 얼굴에 진한 립스틱이 벽화를 배경으로 인상 깊게 남았다.

노트르담 성당을 둘러보고 높은 언덕길을 올라갔다. 상점들이 늘어선 길이 사람들로 북적였다. 각진 지붕의 이층집 창문에 꽃 화분이 하나씩 놓여 있다. 유럽의 거리를 걷는 듯한 기분 좋은 착각에 빠졌다. 각종 소품을 파는 가게들을 지나 일 년 내내 크리스마스 용품을 파는 가게인 〈노엘〉에 갔다. 수많은 종류의 크리스마스 오너

먼트를 하나씩 구경하며 한여름의 크리스마스를 만끽했다.

"어, 여기 〈도깨비〉에 나온 문 아니야?"

길을 걷다 빨간 문을 보고 남편이 멈췄다. 옆 테이블에 앉은 외국인들은 아무도 신경 쓰지 않는 길가의 빨간 문을 만지며 반가워했다. 그곳에서 마주치는 한국인 관광객들은 빨간 문 앞에서 우리와 같은 표정으로 사진을 찍었다.

거리를 돌아다닌 후 우리는 샤토프롱트낙 호텔로 갔다. 1893년에 지어진 이 호텔은 오랜 역사를 지녔다. 호텔 객실이 600여 개에 이르는 웅장한 건물이다. 호텔에 가까이 다가가니 붉은 벽돌과 초록 지붕의 거대한 건물이 마치 오래된 성 같다. 드라마처럼 수백 살

먹은 도깨비가 살고 있어도 어울릴 만큼 고전적이다. 이 호텔이 퀘벡 풍광의 반 이상을 책임지고 있다. 그 앞에는 세인트로렌스강이 아름답게 흐르고 강변을 따라 성벽 산책로가 있다.

저녁을 간단히 먹기 위해 레스토랑을 찾아 좀 더 넓은 거리로 나왔다. 맥도널드와 서브웨이 같은 패스트푸드 가게들마저 고풍스러운 유럽식 건물 속에 자리해 있다. 햄버거나 파스타류를 파는 레스토랑도 많았지만, 퀘벡에서만 맛볼 수 있는 특별한 저녁을 먹기 위해 크레페 레스토랑을 골랐다. 저녁 7시 피크타임에 가서 오랜 시간 줄을 서서 기다려야 했다. 어둑어둑해지는 거리에는 여성 듀오가 클래식 기타를 연주하고 있다. 기다리는 시간의 지루함을 충분히 덜어줄 만큼 수준 높은 공연이었다.

저녁을 먹고 나오자 낮에 갔던 거리는 반짝이는 노란 조명을 입고 또 다른 모습으로 바뀌어 있다. 상점에는 쇼윈도 너머로 나뭇잎이 그려진 접시나 고양이를 닮은 나무 풍경風磬이 조명을 받아 더 귀엽게 보인다. 여전히 사람들은 북적거리며 지나가고, 거리의 악사는 바이올린으로 서정적인 선율을 연주했다. 페리를 타고 떠나오는 길에 불빛이 켜진 샤토 프롱트낙 호텔이 더욱 화려한 모습으로 우리를 배웅했다.

퀘벡을 이대로 떠나기가 아쉬워서 다음 날 오를레앙Orleans 섬으로 들어갔다. 오를레앙은 우리가 돌아본 올드퀘벡에서 약 삼십여

오를레앙섬

분 거리에 있는 섬이다. 인구가 7,000명밖에 안 된다. 몽모랑시 폭포를 둘러보고 드디어 오를레앙섬으로 들어가는 길. 비가 세차게 내렸다. 와이너리를 찾아 들어가니 하늘이 조금씩 개어간다. 햇볕이 나오며 들판의 풀잎이 싱그럽게 살아났다. 이 엄청난 초록이라니! 포도가 주렁주렁 열린 와이너리 농장이 눈을 맑게 씻어주는 연둣빛으로 빛났다. 잿빛구름이 어느새 몽글몽글한 뭉게구름으로 바뀌고 본연의 하늘색이 나타났다. 길을 지나다 보이는 집들은 마치 《빨간머리 앤》에 나오는 삽화처럼 조용하고 아담한 시골 마을의 풍경을 그려낸다. 이런 곳에 한번 오고 싶었는데 오를레앙섬에서 바라던 풍경을 만나니 기분이 무척 좋았다. 지호도 초록 들판에 나오니 즐거워한다. 지호와 와인을 저장하는 오크통을 굴려보고, 낡은 흔들의자에 앉아 바람을 쐬었다.

캐나다에서 미국으로 돌아올 때 다시 한 번 국경을 넘었다. 제복을 입고 있는 여성은 조금 더 까다롭게 우리를 살펴봤다. 아이스박스까지 열어 보며 꼼꼼히 확인했다. 그래도 마지막에는 친절한 미소가 담긴 인사를 건네며 보내줬다. 캐나다에서 미국으로 오니 선 하나의 차이로 눈앞의 풍경부터 달라졌다. 널찍하고 깨끗한 도로는 변함없다. 하지만 쨍했던 날씨가 갑자기 탁해진 느낌이랄까. 캐나다의 산뜻한 빨간 지붕은 사라지고, 허옇고 덩치만 큰 나무집들이 나타났다.

국경지대에서 얼마 못가 기름을 넣기 위해 메인Maine주의 조그만 주유소에 내렸다. 그곳의 상점에는 진열장 한 가득 양주가 채워져 있었다. 카운터가 있는 앞쪽에는 각종 칼과 무기류가 보인다. 가죽재킷을 입은 터프한 손님들은 바이크를 타고 흙먼지를 일으키며 그곳을 떠났다. 캐나다에서 아기자기한 경치를 보다가 다시 거친 미국으로 돌아온 게 실감났다.

이틀을 꽉 채워 퀘벡을 돌아보며 유럽 감성을 충분히 느꼈다고 생각했는데, 그만큼 호기심도 커졌다. 가을 단풍철이 되면 캐나다의 알록달록한 마을이 얼마나 더 아름다워질까? 유럽을 닮은 예쁜 골목과 고풍스러운 건축물로 가득 채워진 곳. 미국에 사는 우리에게 퀘벡은 간편하고 저렴하게 프랑스를 체험해 볼 기회를 만들어 줬다. 아메리카 대륙에서 유럽이 그리울 때면 언제라도 떠나고 싶다. 붉은 단풍과 달콤한 포도향이 가득한 퀘벡으로.

브루클린 다리는
그리운 흑백사진처럼

해가 저물어가는 시간, 이층버스를 타고 월스트리트를 빠져나와 허드슨강으로 향했다. 거리에는 퇴근하는 뉴요커들이 쏟아지고 있다. 강을 건너는 길에 창밖으로 사람들의 행렬이 보인다. 브루클린 다리Brooklyn Bridge 교각 속으로 사람들이 하나둘씩 걸어가고 있다. 줄지어 어딘가로 빨려들어가는 듯한 그들의 검은 실루엣. 선들이 구조적으로 엮인 교각 속으로 또 다른 빛을 향해 들어가는 사람들의 모습이 마치 흑백사진처럼 머릿속에 찍혔다.

뉴욕은 마음속에 늘 일순위의 도시다. 지호를 낳기 전에 홀로 뉴욕을 여행한 적이 있다. 그때 8박 9일간 뉴욕 맨해튼의 모든 것을

보러 다녔다. 센트럴파크도 거닐고 메디슨스퀘어파크에서 가건물로 시작한 〈쉐이크쉑버거〉를 맛봤다. 〈메리포핀스〉 뮤지컬과 재즈 공연을 보며 여유로움을 만끽했던 그때. 어찌 보면 뉴욕 여행이 내 모험의 시초인 것 같다.

미국에서 살면서 뉴욕은 여전히 가고 싶은 여행지로 앞 순위를 차지했다. 첫해 가을, 노스캐롤라이나에서 자동차로 10시간을 달려서 뉴욕에 갔다. 숙소는 맨해튼 외곽의 저렴한 호텔을 잡았다. 숙소에 짐을 풀고 마을버스를 타고 맨해튼 시내로 나왔다. 그리고 나와 남편은 각자 공연장으로 향했다. 나는 한 달 전에 예매해놓은 뉴욕 필하모닉의 클래식 공연을 보기 위해 링컨센터를 찾아갔다.

지하철역에 내려 쌀쌀한 바람을 맞으며 걸었다. 건물 안에 들어가니 긴 코트를 입은 사람들이 공연을 보기 위해 기다리는 중이다. 드레스를 차려입은 귀부인들은 홀 앞의 매장에서 딱 봐도 큼직한 보석이 붙은 고가의 목걸이를 구경하고 있다. 홀 안에는 입구에서 봤던 장신구처럼 화려하고 눈부신 조명이 비춘다. 이윽고 조명이 꺼지고 오케스트라의 정제된 현악기 선율이 공연장에 깔렸다. 그 위에 관악기들의 멋진 하모니가 얹혔다.

내가 클래식 공연을 보는 사이 남편은 지호를 데리고 브로드웨이에 가서 뮤지컬 〈마틸다〉를 봤다. 초등학생이 보기에 적합한 공연이지만 지호는 생각보다 재미있게 감상했다.

공연을 관람하고 타임스퀘어에서 세 식구가 다시 만났다. 타임스퀘어는 예나 지금이나 수많은 인파로 북적이는 곳이다. 새로 출시한 상품과 브랜드, 서비스를 알리는 대형 광고판이 여기저기 붙어 있다.

"어, 커다란 엘모다!"

엘모 인형 옷을 입은 사람이 지호에게 다가왔다. 거리에는 아이들이 좋아하는 디즈니 캐릭터나 슈퍼히어로로 분장하고 사진을 찍어주는 사람들이 무척 많다. 그들은 순진한 인형의 탈을 썼지만, 때로 떼거지로 몰려와 사진에 찍히고 팁을 요구한다. 그런 사정을 모르는 해맑은 아이는 커다란 엘모를 만났다고 마냥 좋아했다.

처음 뉴욕에 왔을 때, JFK 공항에서 버스를 타고 시내에 나와 그랜드센트럴을 지나며 '심쿵'했다. 현대적인 빌딩 사이로 고풍스러운 역사가 겹쳐 보이는 부조화가 강한 매력으로 다가왔기 때문이다. 뉴욕은 그런 도시다. 가장 현대적인 첨단 빌딩들이 줄지어 있는 가운데 옛것이 그대로 남아 있는 곳. 좁은 도로를 사이에 두고 칼같이 치고 올라온 빌딩숲을 다른 도시에서는 만날 수 없다.

그런 뉴욕을 좀 더 편안하게 관광하기 위해 이층버스인 빅버스를 탔다. 이층버스는 교통수단과 놀이기구의 중간 어디쯤에 있는 것 같다. 지호도 재미있어 했다. 바람이 조금 쌀쌀해도 웬만해서는 머플러를 칭칭 감고 이층의 야외 좌석에 앉았다. 이층버스는 가득

이나 좁은 도로 위를 아슬아슬하게 휘청거리며 지나다닌다. 처음
에는 불안하던 마음이 점차 즐기는 마음으로 바뀌었다. 버스 밖을
내려다보면, 신호등이 바뀔 때마다 수많은 사람들이 빠른 걸음으
로 지나는 걸 볼 수 있다. 버스에 몸을 싣고 뉴욕의 명소를 하나씩
둘러봤다. 답답한 지하철보다 훨씬 나은 선택이었다.

빅버스 3일권을 끊고 뉴욕의 상징인 자유의 여신상을 볼 수 있
는 페리 티켓을 받았다. 우리가 탄 페리는 자유의 여신상을 배에서
보고 돌아오는 40여 분의 코스다. 물보라를 일으키며 커다란 유람
선이 서서히 출발했다. 맨해튼의 스카이라인이 점차 멀어진다. 멀
리서 보니 강렬한 햇빛에 반사된 건물들이 마치 사막에 나타난 신

기루처럼 비현실적으로 보인다. 끝을 알 수 없이 한 층씩 쌓아올린 욕망들도 한 발짝 떨어져서 바라보면 이렇게 부질없게 느껴지는 것을……. 빌딩숲이 멀어지고 자유의 여신상이 점차 가까워졌다. 사람들이 갑판 위로 쏟아져 나와 사진을 찍었다. 우리도 그 틈에 뒤섞여 셔터를 눌렀다.

하루는 어퍼 맨해튼에 있는 센트럴파크에 갔다. 가을의 센트럴파크는 적당히 단풍이 물들어 가장 아름다운 모습이다. 울창한 나무들이 알록달록한 단풍 옷으로 갈아입었다. 공원으로 천천히 걸어갔다. 오색빛 나무 사이로 또각또각 말이 끄는 마차가 로맨틱하게 지나간다.

울창한 숲을 지나니 운치 있는 호수가 나타났다. 멀리 보이는 빌딩과 호수가 한데 어우러져 신선하고 아름답다. 호수에 유유히 떠 있는 카누까지 더하니 한 폭의 그림 같다. 드넓은 센트럴파크를 반 바퀴 돌아보고 밖으로 나왔다. 메트로폴리탄 계단에 많은 사람들이 삼삼오오 앉아 있다. 누군가는 이야기하고 누군가는 책을 보고 누군가는 그저 햇빛을 쬐며 휴식을 취하고 있다. 우리도 계단에 걸터앉았다. 사람들과 너른 광장에 앉아 있는 기분을 만끽했다.

센트럴파크에서 가까운 〈쉐이크쉑버거〉 매장에서 햄버거를 먹었다. 뉴욕에 가면 맛있는 〈쉐이크쉑버거〉를 먹는 일도 빼놓지 않는다. 하지만 뉴욕에서 느끼한 햄버거로 배를 채우는 것도 한두 번

이면 족하다.

"엄마 여기 한글이 쓰여 있어."

지호는 한글로 간판이 붙어 있는 마트와 식당을 신기해했다. 맨해튼 32번가 한인 타운에는 한식당이 많다. 한식당이 줄지어 있는 길에서 '우리 집'이라는 간판이 보였다. 반찬과 밥을 도시락으로 담아 테이크아웃으로 판매하는 식당이다. 안에 들어가니 플라스틱 팩에 담긴 밥, 국, 반찬이 있고, 가운데에는 뷔페식으로 반찬이 놓여진 큼지막한 진열대가 보인다. 미국에 와서 보기 힘든 흑미밥과 콩나물국, 그리고 반찬 몇 가지를 담아 계산하고 테이블에 앉아서 먹었다.

"이건 한국에서도 먹기 힘든 맛이야."

남편은 감탄사를 연발했다. 나도 가정집 같은 손맛이 마음에 들었다. 노스캐롤라이나에도 이런 한식당이 있다면 좋을 텐데…….

한식을 먹고 든든해질 무렵 해가 서서히 저물어갔다. 야경을 보기 위해 록펠러 센터를 찾아가는 동안 지호는 유모차 안에서 깊은 잠에 빠져들었다. 전망대로 나오니 사람들이 유리창에 붙어서 사진 촬영을 하느라 바쁘다. 해가 넘어가며 하늘의 파란색이 더욱 짙어진다. 앞에 보이는 엠파이어스테이트 빌딩의 조명이 하얗게 밝아졌다. 높이 솟은 빌딩들의 첨탑이 예리하게 빛난다. 촘촘히 세워진 빌딩들 너머로 반짝거리는 강변이 보인다. 해가 완전히 저물고

하늘에 손톱만한 초승달이 떠올랐다.

고층건물에서 보는 야경도 멋지지만 이층버스에서 바라보는 뉴욕의 밤도 색달랐다. 빅버스를 타던 사흘째 밤에는 해가 지고 난 뒤 출발하는 나이트버스를 탔다. 버스를 타기 위해 M&M매장 앞으로 갔다. 기다리는 사람이 많아 한 시간 가량 기다림 끝에 버스에 올랐다. 거리는 완전히 밤으로 바뀌었다. 도로의 굴뚝에서 희뿌연 연기가 올라왔다. 뉴욕의 밤거리를 촬영한 느와르 영화의 한 장면이 떠오른다.

버스가 달리는 동안 뉴욕의 뒷골목이 적나라하게 보였다. 쓰레

기를 치우고, 거리를 정리하는 이들이 보인다. 거대한 빌딩들은 가까이서 보니 한눈에 들어오지 않는다. 차이나타운과 리틀 이탈리아에는 밤늦은 시간까지 사람들로 붐빈다. 브루클린 다리를 건너며 나이트버스의 야경 구경도 절정을 이뤘다. 다음번에 뉴욕에 오게 되면 브루클린 다리를 직접 건너보기로 마음먹었다. 그리고 이듬해 여름 다시 뉴욕에 왔을 때, 브루클린 다리를 찾아왔다.

덤보의 공원 벤치에 앉아 해가 기울기를 기다렸다. 덤보는 맨해튼 다리를 배경으로 온갖 포즈를 취하며 사진 찍는 사람들로 붐볐다. 서서히 하늘이 어두워질 때 브루클린 다리에 올랐다. 그곳에는

많은 사람들이 산책을 하고 있다. 자전거를 타고 지나가는 이들도 있다. 자동차가 다니는 아랫쪽에는 퇴근 시간에 오가는 차량들의 헤드라이트 불빛이 훤하다. 다리 중간에 다다르니 마치 개선문처럼 단단하게 세워진 주탑이 나타났다. 이스트강 너머 맨해튼의 화려한 야경이 점차 다가온다. 뉴욕에서 가장 낭만적인 경험을 한 순간이다.

뉴욕은 언제나 매력적인 도시임에 틀림없다. 뉴욕 하면 떠오르는 첨예한 빌딩들과 그 사이에 보이는 녹음, 찬란한 밤의 야경까지 멋스러움으로 가득 차 있다. 아름다운 예술 작품들이 모여 있는 박물관이나 고풍스러운 건물들도 뉴욕이라면 더 의미가 있다.

2년간 미국에 살며 뉴욕에서 하고 싶은 버킷 리스트는 거의 이룬 것 같다. 다음에 다시 뉴욕에 갈 기회가 생기면 그때에는 무얼 해 볼까? 더 이상 무언가를 할 필요 없이 그저 여유로운 시간을 만끽하고 싶다. 진짜 뉴요커처럼.

모노레이크

낯선 지구의 모습을 발견하는
신비로운 호수

"집에 가기 좋은 날씨네."

긴 여행의 막바지에서 만난, 적당히 흐릿한 날씨가 마음에 들었다. 비가 오거나 눈이라도 내린다면 생각만 해도 번거롭다. 날이 너무 쨍해도 집에 돌아가기가 왠지 아쉬울 것이다. 그날 밤에는 남은 삼겹살, 김치, 소시지, 라면 등 식재료를 다 꺼내서 푸짐한 만찬을 차린다. 그리고 아껴 쓰던 땔감을 탈탈 털어 오랫동안 모닥불을 지필 수 있다.

"여행의 마지막은 이래서 좋아. 그런데 인생의 마지막은 이렇지 않잖아."

아마도 미국생활이 반환점을 지나면서부터였던 것 같다. 일주일이고 보름이고 긴 여정이 끝나는 게 불현듯 아쉬워졌다. 캘리포니아에서 아름다운 395번 도로를 달리는 길. 눈 덮인 시에라네바다를 바라보며 그 길의 끝이 다가온다는 사실에 왠지 모르게 가슴이 뭉클했다.

시에라네바다는 미국 캘리포니아 동부에 자리 잡은 거대 산맥으로 로키산맥과 함께 북미 대륙의 등뼈 같은 곳이다. 시에라네바다산맥 서쪽에는 우리나라에도 많이 알려진 요세미티Yosemite, 세쿼이아Sequoia, 킹스 캐니언Kings Canyon 등 미국을 대표하는 국립공원이 자리 잡고 있다.

캘리포니아에 겨울철에 한번 왔다가, 4월 말 춥지도 덥지도 않은 시기에 다시 왔다. 이번 여행은 이동하는 동선을 따라 시에라네바다산맥이 이어진다. 대관령과 같이 험준한 시에라네바다산맥의 동쪽을 따라 난 395번 도로. 그 길을 따라 캠핑카를 타고 북으로 올라갔다. 395번 도로는 캘리포니아주와 오리건주, 워싱턴주 내륙을 남북으로 연결하면서 캐나다 국경까지 이어진다.

"미국에서 운전하며 다닌 길 중에 여기가 제일 마음에 들어."

395번 도로를 달리며 남편은 말했다. 시에라네바다는 바라보는 것만으로도, 아니 그 산맥이 그곳에 존재하는 것만으로도 근사했다. 하얀 눈이 켜켜이 덮인 산에서 서늘한 바람이 내려왔다. 시에라

시에라네바다산맥 동쪽을 따라 난 395번 도로는 눈이 부시게 아름다웠다.

네바다는 때론 가까이 다가오고 때론 멀리 작아지면서도 깎아지른 산의 위용을 잃지 않았다.

시에라네바다를 따라오다가 들렀던 빵집은 특별한 기억으로 남는다. 비숍이라는 마을에 있는 〈에릭샤츠 베이커리〉란 곳이다. 그곳 빵이 맛있다는 구글의 긍정적인 후기들에 반신반의하며 〈에릭샤츠 베이커리〉를 찾아갔다. 의외로 미국에 와서 빵을 거의 못 먹고 지냈다. 미국 빵들은 한국 빵처럼 부드럽고 쫄깃한 맛이 없다. 입에 맞는 빵을 찾기가 힘들었다.

잠시 캠핑카를 주차하고 다운타운 거리를 걸었다. 횡단보도를 건너며 산맥이 마을과 겹쳐져 더욱 가까이 보인다. 하얗게 반사되는 빛이 눈부셔서 선글라스를 찾았다. 고원이기 때문일까? 고산병을 앓았던 콜로라도 덴버 못지않게 햇살이 유난히 눈부셨다.

빵집 앞에는 야외 테이블이 놓여 있다. 까만 새들이 앉아서 사람들이 흘리고 간 빵 부스러기를 주워 먹고 있다. 빵집 분위기는 고전적인 유럽풍이다. 점심을 먹어야 했기에 샌드위치부터 두 세트 집었다. 옆에 따라 들어온 가족은 프랑스어를 쓰는 외국인이다. 그들도 샌드위치 코너를 기웃거렸다. 지호가 좋아할 만한 미니 케이크와 타르트, 파이류를 몇 가지 더 고르자 한 봉지 가득 채워졌다. 친절한 직원이 계산을 하며 서비스로 쿠키를 건넸다.

캠핑카에 와서 샌드위치를 펼쳤다. 캠핑을 다니며 흰 쌀밥만 챙

겨 먹고 다니던 터라 지호도 오랜만에 빵을 보고 반가워했다. 샌드
위치를 한입 베어 물었다. 이렇게 상큼한 샌드위치는 처음이다. 신
선하면서도 맛깔스럽다. 서비스로 준 쿠키마저 입에서 살살 녹았
다. 그날 밤 캠핑장에서 타르트와 케이크를 꺼내 조촐한 파티를 열
었다. 지호가 그동안 국립공원을 다니며 주니어 레인저 배지를 여
러 개 모은 걸 기념하기 위해서다. 지호는 배지들을 손에 쥐고 달달
한 타르트를 한입씩 맛봤다. 지호에게 그날은 즐겁고 달콤한 시간

으로 남아 있다.

다음 날 아침 캠핑장을 떠나 모노레이크로 향했다. 모노레이크 역시 시에라네바다산맥에 둘러싸인 호수다. 시골길을 달리다 보니 쨍했던 하늘이 구름에 가리워졌다. 누렇게 빛바랜 숲 사이로 호수가 보인다. 시간이 정지한 듯 깊고 푸른 에메랄드빛 호수다. 호숫가에 기이한 모습의 바위들이 보인다. 여기가 과연 지구가 맞을까? 우주의 골디락스 영역에 존재하는 케플러-22b 행성에 가면 이러한 풍경을 만날 수 있을 것만 같다.

제시카도 덩달아 창문으로 밖을 내다봤다. 초코는 관심 없다는 듯 의자에 다리를 뻗고 누웠다. 하지만 이내 초코도 귀를 쫑긋하며 몸을 일으켜 세울 수밖에 없었다. 비포장도로로 접어들며 캠핑카가 마구 흔들렸기 때문이다. 호수가 점점 가까워지며 호숫가에 듬성듬성 서 있는 돌들의 형체가 보였다. 돌의 모양이 예사롭지 않다. 마치 우리를 데리러 나온 정령처럼 물가에 줄지어 서 있다.

캠핑카에서 내려 길을 따라 걸었다. 모노레이크로 향하는 산책로는 여러 가지 길이 있다. 우리가 택한 길은 캠핑장 주인아저씨가 추천한 최단거리 코스다. 양쪽에 넓게 퍼져 있는 잔잔한 숲길 사이로 깔끔하게 포장된 길이 나 있다. 그 길 끝에 호수가 보인다. 하얀색을 유화물감처럼 덮어쓴 듯한 눈 덮인 산맥이 그림처럼 둘러싸고 있다.

하늘이 넓은 걸까, 호수가 넓은 걸까. 구름이 희끗희끗하게 퍼져 있는 하늘은 호수를 품고 있는 산맥의 둘레만큼 넓다. 모노레이크는 약 76만 년 전에 화산 활동으로 생겨난 호수다. 땅에서부터 한참 올라온 해발고도 1,900미터에 위치해 있다. 호수의 넓이가 서울시의 3분의 1 면적이라고 한다. 광각렌즈를 써도 한 장에 다 담기지 않을 만큼 광활하다.

이 호수는 신기하게도 바다보다도 더 짠 소금물로 이뤄졌다. 호수에 서 있는 돌기둥은 투파Tufa라고 불린다. 동굴 속의 종유석처럼 호수의 칼슘과 염분을 먹고 자라난다. 아주 서서히 자라고 있는 투파들은 시간이 정지된 듯한 풍경 속에 서 있다.

오랜 세월이 빚어낸 자연의 조각상들은 저마다 기이한 모습이다. 투파는 울퉁불퉁 속이 꽉 차 있지 않고 성글며 소금 결정에 뒤덮여 허옇게 바랬다. 규칙적이면서도 어딘지 모르게 제멋대로 자라난 돌은 거칠지만 평온하게, 자연과 우연의 조화를 이룬다.

'모노'는 이 지역 인디언 말로 파리를 뜻한다. 호수에 염분이 강해 물고기나 어류는 살지 못하고 대신 엄청나게 많은 파리 떼가 살고 있다. 호숫가에 다가가면 물속에 까맣게 비치는 것이 바로 파리들이다. 보기에는 안 좋아도 지나가는 새들에게는 훌륭한 먹잇감이 되어준다.

시에라네바다를 바라보며 달렸던 길을 떠올리면 지금도 가슴이 벅차다. 길었던 미국생활을 마치고 서서히 돌아갈 준비를 해야 할 시기가 다가오고 있었다. 그 길처럼, 우리의 길었던 여행도 끝나간 다는 사실을 실감했다.

그 길에서 만난 옥빛 호수. 미국에서 수많은 곳을 여행 다니며 지구의 낯선 모습을 종종 접했지만 모노레이크는 그중에서도 가장 신비로운 곳이었다. 호수는 하늘만큼 넓고 하늘은 우주처럼 무한했다. 호수에서 불어오는 바람을 맞으며 천천히 발걸음을 내디뎠다. 청량한 공기, 푸른 물결, 투파와 맞닿은 하늘. 시간이 멈춘 듯 모든 풍경이 마음에 새겨졌다. 호수로 향한 길을 걸으며 그곳에 좀 더 오랫동안 머물고 싶다고 생각했다. 그런 길이 있다.

퍼시픽 코스트 하이웨이 끝에 만난 감미로운 도시

샌프란시스코는 미국에서도 독특한 도시다. 멕시코와 스페인의 문화가 혼재된 뉴멕시코와는 또 다르다. 샌프란시스코에는 동양계, 히스패닉 할 것 없이 다양한 인종과 민족이 뒤섞여 산다. 사람들이 많고 불친절하기도 하다. 끝도 없는 지평선을 구경했던 다른 지역과 달리 샌프란시스코는 높은 언덕에 집들이 촘촘히 들어서 있다. 다운타운도 골목 어귀도 샌프란시스코만의 개성적인 색채가 있다. 그렇게 불편하면서도 궁금하게 만드는 도시, 샌프란시스코의 매력에 이끌려 두 번이나 방문했다. 한 번은 캘리포니아를 관통하는 여행 끝에 만나 더욱 인상 깊었다.

캘리포니아 여행을 벼르고 벼르다가 겨울에 가게 됐다. 12월말, 시애틀에서 샌프란시스코까지 내려오며 캘리포니아를 구석구석 훑어보는 여정이다. 그 중심에는 미국에서 가장 아름다운 길로 손꼽히는 해안도로인 퍼시픽 코스트 하이웨이를 지난다. 캘리포니아 1번 도로라고도 불리는 길이다. 그 길을 달리면 눈부신 바다를 배경으로 해안 마을, 주립공원 등 수많은 볼거리가 펼쳐진다.

이번에는 만만치 않은 이동 거리 때문에 캠핑카 여행을 포기하고 4륜구동 SUV를 빌렸다. 축복의 땅 캘리포니아에서도 겨울을 피하기는 힘들다. 다섯 시면 어김없이 해가 지고 추위가 엄습했다. 해가 떠 있을 때 부지런히 다니는 수밖에 없다.

오리건을 지나 드디어 캘리포니아로 들어가는 길. 누런 지푸라기가 누워 있는 대지가 잠시 나타나더니 이내 초록 벌판이 펼쳐지며 캘리포니아에 도착했음을 알렸다. 지나가는 길에 오렌지 과수원과 올리브 농장이 보였다. 싱싱한 자연의 선명한 연두색이 예뻐서 차를 세우고 내려서 잠시 구경했다. 지호는 향긋한 오렌지 나무에 코를 대고 향기를 맡았다.

캘리포니아는 미국에서 국립공원을 가장 많이 보유한 지역이다. 대표적인 곳이 요세미티 국립공원이다. 요세미티는 미국 국립공원 중에 가장 많은 인파가 몰리는 곳이지만, 겨울에는 가기가 쉽지 않다. 11월 말부터 이듬해 5월 말까지 국립공원을 지나는 티오

가 로드와 절경이 유명한 글레이셔 포인트는 눈 때문에 통행이 차단된다. 우리가 갔을 때는 요세미티 뷰포인트와 비지터 센터 등 요세미티 밸리 구간만 출입이 가능했다. 천혜의 자연 경관이 보존된 곳인데 우리에게는 혹독한 캘리포니아 겨울의 정점을 찍은 날로 기억된다. 요세미티를 둘러보고 숙소로 돌아오는 차 안에서 지호는 '제일 추웠던 곳'이라는 말을 반복했다.

조금 더 내려가다 샌프란시스코로 들어가는 입구인 금문교를 바라봤다. 바람이 세차게 부는 언덕에서 바라본 금문교는 오래되고 낡은 느낌이 강했다. 샌프란시스코로 들어가지 않고 바로 위 항구 도시인 소살리토에 갔다. 산 위에 집들이 들어선 모습이 유럽을 떠올리게 하는 작은 도시다. 해안가를 따라 고급 주택과 값비싼 보석이나 의류를 판매하는 부띠끄들이 눈에 띈다. 바닷가에 요트들이 정박해 있는 모습이 부촌임을 드러낸다.

퍼시픽 코스트 하이웨이의 아름다운 해안가를 따라가다가 빅서Big Sur 주립공원에서 일몰을 만났다. 촘촘히 주차한 차들 사이로 SUV를 세워놓고 내려서 하늘을 바라봤다. 하늘이 서서히 푸르름을 잃고 땅에서부터 진한 흙빛이 올라왔다. 하늘과 바다가 만나는 지점에서 예측할 수 없는 그라데이션이 일어났다. 자연이 만들어낸 천연 세피아 필터 효과로 하늘이 붉은 갈색으로 물들어갔다.

몬터레이Monterey의 바다는 깔끔하고 청정했다. 바닷가에 벤치들이 단정하게 놓여 있다. 새침한 느낌이 들던 소살리토에 비해 더 여유와 정감이 느껴졌다. 때마침 날씨가 온화해졌다. 이날 하루만 큼은 바빴던 일정 속에 모처럼 몬터레이에서 하루를 쉬며 힐링의 시간을 보내기로 했다.

바닷가로 조금 나가니 사람들이 물개를 구경하려 모여들었다. 몬터레이 바다는 물개나 물범이 자주 출몰하는 지역이다. 백발의 자원봉사자 부부는 탐험 조끼와 모자를 쓰고 망원경을 삼각대에 꼼꼼히 고정시켰다. 지나가는 사람들에게 무료로 물개를 관찰할 기회를 준다. 우리도 줄을 서서 구경했다. 망원경 렌즈를 통해 바위 위에서 고즈넉이 쉬고 있는 귀여운 물범을 봤다. 물범은 미소 띤 얼굴로 햇살을 맞고 있다. 지호의 얼굴에도 재미난 미소가 번졌다. 건너편 둑방길에서는 물개 떼를 봤다. 바다 위에 떠 있는 카약들 사이로 물개들이 빠르고 거침없이 나아갔다.

원래 몬터레이는 정어리 통조림 공장으로 유명한 지역이다. 몬터레이의 캐너리로Cannery Row는 당시 통조림 공장들이 밀집한 곳이다. 지금은 공장이 가동하지 않고 공장 부지에 레스토랑과 카페, 상점들이 들어와 있다. 건물들은 조금 낡지만 깨끗하게 관리되어 있었다. 공장 뒤로 돌아가면 바다가 가까이 보인다. 거리를 구경하다가 〈기라델리〉 초콜릿 가게에 들어갔다. 초콜릿을 입에 넣으니 감미롭게 녹았다. 바다가 보이는 테라스에서 마셨던 진한 핫초코

스탠포드 대학 교정 잔디밭에서의 즐거운 한때.

한잔은 쌀쌀함을 달래기에 충분했다.

몬터레이를 떠나 샌프란시스코로 들어가는 길에 팔로알토의 실리콘밸리에 들렀다. 거리에는 말로만 듣던 캠핑족이 정차해놓은 낡은 캠핑카들이 보였다. 집값이 너무 비싸서 캠핑카에서 거주하는 이들이다. 유튜브 본사와 페이스북을 지나 구글에 가며 IT 투어를 이어갔다. 구글에서는 관광객들이 대학 캠퍼스처럼 꾸며진 본사 안을 자전거를 타고 다녔다. 지호는 휴대폰에서 얼핏 봤던 안드로이드 캐릭터 동상을 반갑게 껴안았다. 샌프란시스코에는 실리콘밸리의 IT기업인 휴렛패커드HP의 본거지가 있다. 예쁜 집들이 들어선 골목 안에서 초록색 차고 앞에 붙어있는 안내판을 찾았다. 작은 차고에서 지금의 실리콘밸리를 이끈 벤처기업 제1호가 시작되었다.

샌프란시스코의 이국적인 풍경을 대표하는 곳은 바로 스탠포드 대학이다. 학교에 진입하는 대로부터 커다란 야자수가 늘어서 있다. 학교 한 가운데 넓은 잔디밭에 지호가 벌렁 드러누웠다. 지호는 구름처럼 폭신한 잔디밭에서 신나게 데굴데굴 굴렀다. 나도 몸을 낮춰 아이와 함께 누워봤다. 땅에 몸을 대보니 새로운 앵글이 나타났다. 이래서 즐거워했구나. 초록 잔디밭이 끝없이 펼쳐지고 하늘이 한없이 넓어졌다. 벤치에 앉아 캘리포니아 롤 도시락을 먹었다. 샌프란시스코에서 가장 즐거웠던 시간이다.

　해가 저물기 전에 샌프란시스코 도심으로 들어갔다. 거리에 보이는 집들은 동부에서 봤던 집 모양과 다르다. 저마다 개성적인데 공통점이 있다면 벽을 서로 촘촘히 맞대고 있다는 것. 샌프란시스코의 빽빽한 주택가를 지나 언덕길을 한참 올라갔다. 차도에는 돌 블록이 깔려 있어 차가 지날 때마다 바퀴에서 드르륵 소리가 나며 우둘투둘한 진동이 느껴진다. 좁은 일차선 도로는 한 블록을 지날 때마다 어김없이 사거리가 나타난다. 그곳에는 스탑 사인이 있어서 차를 멈추고 좌우에서 오는 차를 확인하고 가야 한다. 보통 까다로운 길이 아니다.

"자동차를 가져올 게 아니라 전차를 탔어야 했나?"

운전대를 잡은 남편이 피곤한 듯 말했다. 샌프란시스코의 상징과도 같은 전차가 지나간다. 크리스마스 리스와 빨간 리본을 달고 사람들을 가득 태우고 언덕길을 오른다. 언덕 아래로 한낮에 사람들로 바글바글했던 피어39 Pier 39가 보인다.

시내를 한눈에 조망할 수 있는 트윈 피크스까지 올라갔다. 둥근 달 아래 샌프란시스코의 전경이 눈앞에 펼쳐졌다. 수많은 집들은 저마다 노란 불빛을 품고 있다. 그 불빛들은 고층빌딩이 서 있는 다운타운으로 이어져 화사하게 빛난다. 송년의 밤을 밝힌 샌프란시스코 도시 전체가 크리스마스트리 같다.

시애틀부터 시작된 로드 트립을 마무리하며 〈기라델리〉의 진한 다크 초콜릿이 떠올랐다. 따사로운 햇살 속에 아름다운 바닷가를 거닐던 달콤함이 도심 속으로 들어올수록 짙은 인상으로 바뀌었다. 지금도 샌프란시스코를 떠올리면 이국적인 도시의 진하면서도 고급스러운 풍미가 머릿속에 가득 퍼진다.

도 않고 매우 쾌적했다. 시미밸리에 고양이들과 짐을 풀고 말리부 해변에 나갔다. 밤바다를 거닐며 따스한 바닷바람을 맞으니 동부를 떠나 캘리포니아에 온 게 비로소 실감이 났다. 남은 일주일을 그곳에서 어떻게 보낼지 고민을 했다. LA에 왔으니 한인타운에 가서 모처럼 한식을 사먹어야겠지? 할리우드 거리와 몇몇 관광지를 가보는 것도 재미있을 것이다. 또 무엇을 하며 보낼까?

"LA도 엄청난 테마파크의 도시더라고. 한국에 가기 전에 지호 데리고 테마파크나 더 둘러 볼까?"

남편은 말했다. 그 말이 시초가 되어 뜻하지 않게 LA 여행의 주제가 테마파크로 정해졌다.

LA에 있는 디즈니랜드와 유니버설 스튜디오 두 곳 모두 올랜도에는 못 미치지만 결코 작은 규모는 아니다. 디즈니랜드에 도착해 매직킹덤에 들어갔다. 올랜도 디즈니월드에 신데렐라성이 있다면, LA 디즈니랜드에는 잠자는 숲속의 공주 성이 있다. 성을 향해 들어가는 길가에는 야자수가 죽 늘어서 있다. 성을 지나가면 강물 위로 미키마우스 얼굴이 그려진 커다란 대관람차가 보인다. 지호는 예의 아찔한 롤러코스터를 찾았다. 신나게 디즈니랜드를 돌아보고 다음 날에는 유니버설 스튜디오로 갔다.

나는 올랜도에서 제대로 못 써본 해리포터 마법지팡이를 써보는 게 가장 큰 목표였다. 해리포터 마을로 가니 올랜도와 마찬가지

로 영화 속으로 들어온 듯하다. 바닥에는 마법지팡이로 마법주문을 실행해볼 수 있는 지점이 표시되어 있다. 어떤 곳에서는 지팡이로 동그라미를 그리고, 또 어떤 곳에서는 위 아래로 휘저어야 주문이 제대로 걸린다. 마법주문이 제대로 실행되면 쇼윈도 안의 진열품이 빙그르르 회전을 하거나 악보가 바람에 날리는 등의 재미난일이 벌어진다. 아이들이 줄을 서서 마법 주문을 외우고 있다. 지호도 신이 나서 지팡이를 갖고 다니며 해리포터 마을의 모든 주문을섭렵했다.

LA 테마파크 투어의 하이라이트는 너츠베리팜Knott's Berry Farm이나. 너츠베리팜은 미국 최초의 테마파크다. 깔끔한 주차타워에 내려서 에스컬레이터를 타고 들어가던 앞의 테마파크와 달리, 너츠베리팜은 마을 한켠의 커다란 공터에 주차를 하고 걸어가야 한다. 어딘지 모르게 촌스럽고 옛날 식이다. 티켓을 끊고 입구로 들어가니 갈색 나무로 만들어진 상점들과 황토색 배경이 미국 서부시대를 떠올리게 한다. 나무 레일로 만들어진 거대한 롤러코스터가 보인다. 현재는 작동을 안 하지만, 미국에서 가장 오래된 롤러코스터라고 한다.

너츠베리팜이 독특한 이유는 옛 서부시대를 재현해놓은 모습 외에도 스누피와 찰리브라운 친구들이 메인 캐릭터이기 때문이다. 테마파크 안을 거닐다 찰리브라운 인형을 만나 반갑게 사진을 찍었다. 지호가 스누피를 좋아해서 《피너츠》 만화의 원작자인 찰스 M. 슐츠의 박물관에 간 적이 있다. 박물관은 샌프란시스코에서 한 시간 정도 떨어진 산타로사에 있다. 그곳에는 1950년대부터 지금까지 사랑받는 스누피 만화의 모든 역사가 세세하게 남아 있다.

박물관에서 가장 인상 깊었던 곳은 작가의 방이었다. 찰스 M. 슐츠의 작업실을 그대로 보존해놓은 곳이다. 클래식한 책상과 의자가 있고, 벽에는 오래된 사진들이 붙어 있다. 책꽂이에 세워진 조그만 액자 속에는 그의 아내가 털이 덥수룩한 강아지와 함께 있다. 스누피를 꼭 닮은 사진 속 강아지를 보며 웃음이 새어나왔다.

너츠베리팜에서 스누피의 추억을 떠올리던 것도 잠시, 정글보

트와 후룸라이드를 타며 스릴있는 놀이기구를 속속 맞닥뜨리기 시작했다. 지호는 더 무서운 롤러코스터를 타고 싶어 했지만 아쉽게도 키가 47인치에 못 미쳐서 탈 수 있는 기구가 몇 가지 없었다. 지호가 탈 수 있는 놀이기구를 찾아 테마파크를 누비는 동안 사람들은 계속해서 불어났다. 디즈니나 유니버설에 비해 촌스럽고 열악해 보이는데도 사람들은 무척 신나고 좋아하는 모습이다. 날씨가 덥고 줄이 긴데도 남녀노소를 불문하고 저마다 즐거운 표정으로 기다리고 있다.

롤러코스터가 모여 있는 곳으로 걸어가니 멀리서 봐도 롤러코스터 레일이 복잡하게 뒤엉켜 있다. 여기저기서 사람들의 비명 소리가 터져 나왔다.

"여기까지 왔는데 우리도 하나쯤은 롤러코스터를 타봐야지."

입구에서 받은 지도에는 놀이기구별로 얼마나 스릴 있는지를 별표로 매겨 놨다. 남편과 나는 그중에서 별 다섯 개짜리 끝판왕인 액셀러레이터를 골랐다. 엄청난 속도로 급발진하는 롤러코스터다. 지호를 번갈아 맡아가며 타고 왔다. 놀이기구를 기다리며 두근두근한 것도 오랜만이었다.

테마파크 투어를 마치고 LA 구경에 나섰다. 루트66의 종착지를 보기 위해 산타모니카 바다에 나갔다. 해변에는 사람들로 북적였다. 멀리서 보며 저렇게 붐비는 곳에서 제대로 즐길 수 있을까 싶었다. 지호는 오랜만에 보는 바다를 반겼다. 아이를 따라 파도가 넘나드는 해안가로 들어오니 바람이 불고 햇살은 더 뜨거워진다. 세련되고 조용한 비치들과는 다르게 이국적이면서도 활기찬 분위기가 느껴졌다.

해질녘에는 그리피스Griffith 천문대에 올랐다. 그리피스 천문대는 영화 〈라라랜드〉의 촬영지로 더욱 유명해졌다. 산 위에 있는 천문대에 오르기 위해 고갯길을 한참 걸어 올라갔다. 공원 정상에는 많은 관광객이 몰려 있었다. 밑을 내려다보니 시내가 한눈에 들어온다. LA의 상징인 할리우드 사인이 조그맣게 보인다. 천문대 안은 둥그렇고 높은 천장에 고풍스러운 벽화가 그려져 웅장하다. 잔

디밭에서 달을 관측하는 천체망원경으로 지호와 함께 하얗게 떠오르는 달을 바라봤다. 해가 완전히 저물고 천문대에 조명이 들어왔다. 한낮에 햇살이 부서지던 산타모니카 바다처럼 반짝거리는 LA의 야경을 바라보며 시내로 내려왔다.

저녁을 먹기 위해 한인타운으로 가는 길. 창밖으로 베버리힐즈의 화려한 가게와 대저택이 지나갔다. 잠시 들렀던 LA 외곽의 어바인은 무척 깔끔한 신도시 같았는데 LA의 시내는 오랜 명성을 유지하는 옛 대도시의 느낌이 크다. 얼마 안가 한글로 적힌 간판들이 하나둘 나타났다. 한인타운에 들어온 것이다. 높은 건물들이 있지만 어딘지 모르게 예스러웠다. 80~90년대 한국의 분위기를 그대로 옮겨놓은 모습이랄까. 한인타운에 세워진 10층 안팎의 아파트들은 좁은 집들만 층층이 쌓여있는 한국의 아파트를 그대로 옮겨놓은 모습이다.

한국에 있을 때 즐겨 먹던 〈명동교자〉의 LA분점에 찾아갔다. 주차장을 지키던 아저씨가 한국말을 건네니 지호가 반가워한다.

"우리 진짜 한국에 돌아갈 때가 됐나 봐. 한국이 부쩍 가까워진 느낌이야."

〈명동교자〉에서 칼국수를 먹으며 남편에게 말했다. 그는 말없이 고개를 끄덕이며 남은 칼국수 국물을 후루룩 들이켰다.

드디어 내일이면 비행기를 타고 떠난다. LA에서도 많은 일들이 있었다. 테마파크에서 아찔한 공포를 실컷 맛보고 천문대에 올라 할리우드 사인을 바라봤다. 말리부 해변에서는 은은한 달무리를 보고, 산타모니카 해변에서는 뜨거운 열기를 느꼈다. LA 한인타운에서 뜨끈한 한식도 맛봤다. 이곳에 와서, 한국에서 방영되는 아침 드라마와 저녁 뉴스를 오랜만에 보며 낯설었지만 서서히 한국 생활에 대한 감을 잡기 시작했다. 미국과 한국의 중간세계 같은 LA에서 마지막 일주일을 보낸 게 어쩌면 다행이다.

쉽게 잠들지 못하는 밤, 노스캐롤라이나의 작고 낡은 싱글홈에서 마지막으로 찍은 사진을 들춰본다. 그동안 참 많은 일들이 머릿속을 스쳐간다. 지금까지의 시간들이 어쩌면 빠르게 휙 지나고 거꾸로 돌았다가 다시 길을 꺾어 마침내 속도를 늦추며 마무리하는 롤러코스터의 모든 기복을 담고 있는 것 같다.

2년이라는 정해진 기간의 삶을 산다는 것은 꽤나 강렬한 체험이다. 더구나 낯선 곳에서 더 낯선 세계를 찾아다니는 것은 일종의 모험이었다. 미국생활을 마무리하며, 인생이라는 여정 속에 하나의 긴 여행을 마친 기분이다. 한국에서는 또 어떤 새로운 일상이 우리를 기다리고 있을까. 롤러코스터를 기다릴 때보다 더욱 떨리고 긴장되는 마음을 감출 수가 없다.

나의
무채색 고양이들

미국생활을 무사히 마치고 다시 한국의 아파트로 돌아왔다. 한국에 돌아와서 어느덧 익숙한 일상을 반복하고 있지만, 언제라도 자유롭게 텐트를 들고 여행을 떠나던 그 시절이 한번씩 생각난다. 미국이 그리운 건 고양이들도 마찬가지일 것이다. 더 이상 높은 계단과 초록이 보이는 창문, 창밖에 움직이는 사냥감(?)이 없다. 이렇게 심심하게 어찌 살까 싶으면서도 나의 고양이들은 느긋하게 하루하루를 보내고 있다. 그들의 나이도 사람으로 치면 어느덧 칠순에 접어든다. 아기였다가 친구였다가 이제는 부모처럼 늙어가는 모습이 안쓰러운 내 가족들이다.

초코를 처음 만난 건 서른 살의 겨울이다. 그때 나는 바흐만의
《삼십세》처럼 지독한 성숙통을 겪고 있었다. 자신만만하게 달려오
던 이십대를 지나 삼십대에 접어들며 모든 게 바뀌었다. 결혼 후 달
라진 생활터전, 변화된 관계와 역할 속에 때로는 허망하고 때로는
암울한 나날을 보내고 있었다.

"고양이를 한번 키워보지 않을래?"

고양이를 좋아하던 친구의 말에 이끌려 이태원의 허름한 골목
을 찾아갔다. 고양이 분양가게의 주인은 조그만 지하실 방 한 칸에
고양이들을 풀어놓고, 담배연기를 내뿜으며 PC자판을 두드리고
있었다. 이제 태어난 지 두세 달 된 고양이들이 한데 뒤엉켜 장난을
치다가, 내가 들어간 순간 일제히 얼음이 되었다. 그때 나와 눈을
딱 마주친 검은 고양이 한 마리.

"한번 안아 봐도 되나요?"

쑥 들어서 팔에 앉히자, 내 패딩점퍼 소매에 몸을 척하니 늘어뜨
린 채 그르릉거렸다. 친구가 말했다.

"야, 이 고양이는 완전히 네 고양이다."

내가 고양이를 키우게 되다니, 그건 초코에게도 나에게도 일종
의 '탈출'이었다.

초코는 우리 집에 와서 조금씩 자유를 찾아갔다. 위축된 몸짓이
제법 과감해졌다. 낚싯대로 사냥놀이를 시킬 때면 본능적으로 엉

덩이를 씰룩거리다가 총알처럼 튀어나갔다. 푸석푸석했던 털에 윤기가 돌면서 중후한 포스를 내뿜었다. 하지만 멍 때리기를 좋아하고, 한 박자씩 반응이 느린 성품은 어딜 가지 않았다. 그래서 더욱 짠하고 정이 가는지도 모른다.

살아 있는 생명체를 두려워하던 나는 고양이를 키우며 정감에 푹 빠졌다. 어느샌가 다가와 나른하게 드러누워 있고, 하품을 쩍하며 스트레칭하는 조그만 털복숭이. 함께 있는 것만으로 마음의 평화를 찾아갔다. 고양이란 건 이렇게 아름답고 매력적인 존재였나. 저 멀리서 꼬리를 세우고 스윽 다가와 내 다리에 꼬리를 슬쩍 훑고 지나간다. 한쪽 발로 내 발을 꾹 밟기라도 하면 발끝에서부터 귀여움이 진동한다.

초코가 오고 두어 달 뒤 제시카가 우리집에 왔다. 제시카는 초코를 한 번씩 데리고 가는 동물병원에서 키우던 은회색 페르시안이다. 초코가 수더분한 냥이라면 제시카는 요물이다. 행동이 빠르고 영리하며, 늘 애정과 먹이를 갈구한다. 그리고 사람과의 대화를 꾸준히 시도하고 있다. 시끄럽게 냥냥거리는 걸 질색해하는 나와 달리, 남편은 번번이 제시카의 영특한 애교에 무너졌다. 퇴근하고 돌아오면 현관 바닥에 앉아 식빵을 구우며 충성스럽게 기다려주는 것도 초코가 아닌 제시카였다.

"제시카, 잘 있었어? 나도 잘 다녀왔어."

그 끈끈한 시절을 보낸 제시카를 내가 미워하려야 미워할 수 없는 이유다.

미국에 갈 때 다른 건 아무래도 괜찮았다. 네 살배기 아이보다 냥이들을 데리고 가는 게 더 큰일이었다. 냥이들을 무사히 데려갈 방법이 없다면, 나는 냥이들과 한국에 남을 생각까지 했을 정도다. 고양이들을 다른 곳에 맡겨두고 갈 궁리도 해봤다. 하지만 남편은 극구 반대했다.

"고양이들도 우리 식구인데 떨어져 지낼 수 없지. 다 같이 갈 방법을 만들어보자."

고양이를 위한 비행기 좌석부터 잡았다. 우리가 예약할 당시, 델타항공은 5킬로그램 이하 소형동물을 비행기에 데리고 탈 수 있었다. 비행기마다 네 마리만 탑승이 가능했다. 동물병원을 다니며 동물 등록칩을 삽입하고, 각종 접종을 맞힌 뒤 검역서류를 준비했다. 미국에 갈 때는 물론, 다시 한국에 돌아올 때 꼭 필요한 서류다.

이제 비행 당일 하루 종일 굶는 고생만 견디면 미국 땅에 도달할 수 있을 것 같다. 문제는 집이었다. 미국은 반려동물의 천국이지만, 우리처럼 1~2년 머무는 사람들이 반려동물을 데리고 가는 경우는 극히 드물었다. 한국 사람들이 거래하는 카페에서 집을 구하려다 열 번 넘게 퇴짜를 맞았다. 반려동물을 환영하는 집주인은 아무도 없었다.

직접 미국 부동산 사이트를 뒤져서 어렵사리 집을 구했다. 그렇게 구한 미국집에서 고양이들은 잘 적응했다. 높은 곳을 좋아하는 냥이들에게 이층집은 거대한 캣타워였다. 제시카는 이층 난간 꼭대기에 올라가서 우리를 내려다보는 '고양이 짓'을 즐겼다. 뒤뜰로 나 있는 큰 창문을 열어두면 둘이 나란히 앉아 창밖을 바라봤다. 이름 모를 새들이 지저귀며 날아들거나 다람쥐가 나무에 오르는 모습은 냥이들에게 아주 재미난 구경거리였다.

한 번은 고양이들이 밤중에 하악질을 하며 소란스럽게 굴길래 밖을 내다봤다. 이름 모를 고양이가 우리집 주변에 어슬렁거리고 있는 게 아닌가. 뒷집 고양이였다. 집 안에서 곱게 자란 초코와 제시카와 달리, 미국에는 집 밖에서 씩씩하게 지내는 고양이들이 많다. 고양이는 낯선 곳을 싫어하는 줄만 알았는데……. 고양이를 데리고 여행하는 사람들을 심심찮게 보며, 우리도 할 수 있다는 자신감이 생겨났다. 냥이들과 함께 캠핑카를 타고 긴 여행을 떠났다.

따스한 아침이면 캠핑카의 철문을 열고 방충망만 남겨둔다. 그러면 조심성 많은 냥이들은 귀를 쫑긋 세우고 문 앞에 나란히 앉아 구경하곤 했다. 냥이들과 캠핑장에서 쨍한 햇살을 맞던 날을 잊을 수 없다. 냥이들은 처음에는 몸을 낮추고 긴장한 기세가 역력했지만, 서서히 여유를 되찾았다. 언젠가 눈이 펑펑 내린 다음 날 집앞에 데리고 나갔을 때도 그러했다. 내게 안긴 초코는 큰 눈을 가만히 꿈뻑이며 너른 세상을 바라봤다.

　속시원히 말을 못 나눠봐서 모르지만, 여행하는 동안 냥이들은 생각보다 잘 지낸 것 같다. 바깥세상을 좋아하는 제시카는 캠핑카 안에서도 훨훨 날아다녔다. 창문에 딱 붙어서 지나가는 경치를 바라봤다. 운전하는 남편 옆 조수석은 제시카 차지였다. 나는 테이블에서 지호와 마주 보고 앉았고 초코는 내 옆에 딱 붙어서 그릉그릉거렸다. 지호에게도 냥이들이 우리 식구라는 걸 단단히 각인시킨 여행이 되었다.

　고양이와 함께 사는 게 근사한 경험이라면, 고양이와의 여행은 특별한 추억이다. 그렇게 고양이와 함께 한 여행은 우리에게 두고 두고 떠올릴 재미있는 이야깃거리가 되었다. 이제는 그런 시간들을 마음 한 켠에 두고 다시 평온한 나날을 꿈꿔본다. 해질녘 노을을 바라보며 하울링하는 초코의 고운 자태. 언제나 지금이 가장 소중하고 사랑스럽다는 사실을 일깨워주는 냥이들을 오늘도 쓰담쓰담하며 지낸다.

여행사진을 찍는다는 것

"아니 왜, 셔터를 좀 더 꽉꽉 누르지 않고."

"하이앵글이 더 잘 나오는데……."

여행을 다니며 한 번씩 내 전속 사진사(?)인 남편에게 투덜대던 두 가지다. 물론 대체로 내 마음에 쏙 드는 보물 같은 장면들을 포착해줘서 고맙게 여긴다. 하지만 한 번씩 과한 의욕을 보일 때가 있다. 굳이 배경과 함께 담아보겠다며 카메라를 아래에서 위로 향하는 '굴욕 모드'로 찍어주니 어느 와이프가 좋아하랴. 이제는 그가 카메라를 쥐고 몸을 아래로 숙이기 시작하면 입가에 미소를 유지한 채 쿨하게 생각한다. 그래, 이 사진은 '포기 각'이구나.

사실 그보다 더 불만인 건 셔터를 아끼는 그의 습성이다. 셔터를 펑펑 눌러도 한 장 건질까 말까 한데 매우 신중하게 한 컷씩 찍는다. 어쩌면 그런 그의 모습이 나 자신을 보는 듯해서 답답한 건지도 모른다. 언젠가 지인으로부터 자유분방하게 움직이는 아이 사진을 찍으려면 셔터를 C(연사) 모드로 찍는 게 좋다는 조언을 들었다. 하지만 나는 아이 사진뿐 아니라 그 어떤 사진도 연사로 찍은 적이 없다. 셔터를 낭비하면 안 된다는 생각과 함께, 한 컷의 셔터로도 포착해내야 한다는 아날로그적 사명이 남아 있기 때문이다.

그렇다. 나는 필름 세대다. 고등학교 때부터 사진 동아리에서 수동 카메라를 만지기 시작했고 흑백사진의 암실 작업을 배웠다. 사진을 좋아하는 아버지의 영향으로 어릴 때부터 카메라는 내게 호기심의 대상이었다. 대학에 가서는 학보사에서 사진기자로 일했다. 사진이라는 매체와 암실, 현장의 에너지, 사진을 함께 찍는 사람들과의 관계는 내 전부였다 해도 과언이 아니다. 그중 한 사람인 남편을 만나 지금의 인연에 이르렀으니 말이다.

그 당시만 해도 사진은 오랜 기다림의 대가이자 값비싼 은 화합물이었다. 필름 한 롤의 컷 수는 많아야 30여 컷. 다 찍은 사진은 암실에서 직접 현상하고 인화해야 했으니 한 컷도 낭비할 수 없었다. 앙리 카르티에브레송이 말한 '결정적 순간'이 올 때까지 기다렸다가 셔터를 누르는 게 미덕이었다. 나에게 결정적 순간은 빛과 표정이 살아 있는 순간이다. 어둠을 뚫고 나오는 화사한 빛의 공간감이 느껴지고, 피사체의 눈동자에 영혼이 비치는 찰나를 사랑한다.

"남는 건 사진뿐이지."

미국에 갈 때, 카메라 두 대를 직접 배낭에 지고 비행기에 올랐다. 그리고 미국 곳곳으로 여행을 갈 때마다 나의 분신(이라고 쓰고 '돌덩이'라고 읽는다) 같은 카메라를 손수 챙겼다. 여행이 무르익으면 나서서 카메라를 메고 다니는 남편도 사진이 여행의 일부라는 데 암묵적으로 동의하고 있다. 때로는 재미없는 인증샷만 급하게 찍고 지나가는 경우도 있다. 그러나 여행에서 사진을 빼놓는다는 건 상상할 수도 없는 일이다.

나에게 사진은 '여행을 기억하는 방법'이다. 여행은 집으로 돌아온 순간 신기루처럼 사라지는 마법 같다. 그것이 허상이 아닌 진짜 우리의 과거였음을 증명하기 위해, 카메라의 광학적 시선을 빌려 내가 보는 장면을 충실히 기록해둔다.

그리고 사진 찍는 일은 흥미로운 여정의 일부다. 무거운 카메라를 들고 다니다가, 기어코 꺼내서 프레임을 잡아보고, 미간을 찡그리며 초점을 맞추고, 마침내 손가락으로 셔터 버튼을 누르는 수고를 한 끝에 만난 한 컷의 완벽한 사진! 그 번거로움과 희열이 동시에 각인되며 셔터막이 지나간 125분의 1초가 더 또렷해진다.

나는 아직도 모뉴멘트 밸리에서 한밤중 별의 궤적을 바라보던

시간과 아이슬란드의 오로라를 기다리며 차가운 손에 입김을 불어 대던 시간을 기억한다. 캠핑카에서 슬리퍼만 구겨신고 나가서 마주친 수많은 풍경과 냥이들이 창밖을 바라보며 사색에 잠기던 모습까지도……. 나는 셔터를 눌러 CCD에 인식시킴과 동시에 내 뇌리 속 깊숙이 저장하는 데 성공했다.

사진에는 때로 시각뿐 아니라 다른 감각의 정보들도 함께 새겨진다. 뉴올리언스의 사진을 보고 있노라면, 카메라 뷰파인더에 한쪽 눈을 갖다댄 순간 귓가에 울리던 묵직한 브라스 연주가 재생된다. 발에 닿는 화이트샌드의 시원한 촉감, 뿌연 연기처럼 피어오르는 옐로스톤의 온기, 루트66을 횡단하며 만난 캐딜락 랜치의 격한 바람까지 모든 것이 사진 속에 생생히 사로잡혀 있다.

사진은 비단 '찍는' 사람만의 인상적인 체험이 아니다. 카메라를 바라보며 한 번 더 미소 짓고, 멋진 포즈로 사진 찍히려 애쓰던 아이에게도 남다른 시간으로 남을 것이다. 낯설지만 새로운 배경에서 엄마 아빠와 카메라를 사이에 두고 깔깔대던 추억은 쉽게 잊히지 않으리라 믿는다. 사진을 찍고 찍히던 우리의 모습은 3×5인치 인화지를 벗어나 더 크고 아름다운 프레임 속에 머문다. 그런 이유로 나는 여행 가방을 꺼낼 때면 늘 카메라부터 챙긴다. 그리고 한 컷 한 컷 소중하게 셔터를 누른다.

한 컷은 나를 위해, 한 컷은 지금 이 순간을 위해.

A CAMPING DIARY

Yellowstone

Durango

CAMPING
DIARY

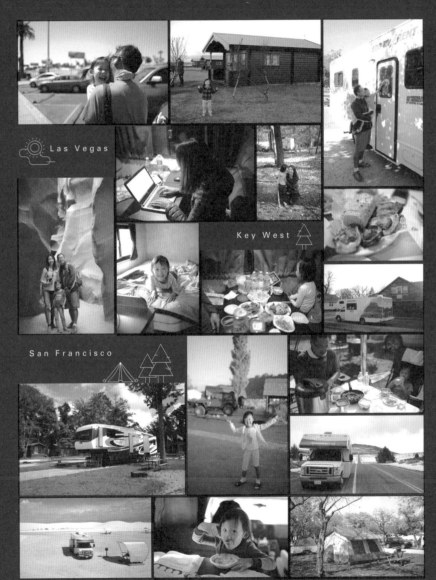

Las Vegas

Key West

San Francisco

그것은 하나의 여행이었다

초판 1쇄 발행 2019년 12월 5일
초판 2쇄 발행 2020년 2월 10일

지은이 이종림 **펴낸이** 오연조
기획 위윤희 **디자인** 성미화 **경영지원** 김은희
펴낸곳 페이퍼스토리
출판등록 2010년 11월 11일 제 2010-000161호
주소 경기도 고양시 일산동구 정발산로 24 웨스턴타워 1차 707호
전화 031-926-3397 **팩스** 031-901-5122
이메일 book@sangsangschool.co.kr

ISBN 978-89-98690-42-7 03810

© 이종림, 2019

• 페이퍼스토리는 ㈜상상스쿨의 단행본 브랜드입니다.
• 이 도서의 국립중앙도서관 출판예정도서목록(CIP)은 서지정보유통지원시스템 홈페이지(http://seoji.nl.go.kr)와
  국가자료공동목록시스템(http://www.nl.go.kr/kolisnet)에서 이용하실 수 있습니다. (CIP제어번호 : CIP2019033774)